Je ne suis pas un assassin

Frédéric Chaussoy

Je ne suis pas un assassin

Écrit avec la collaboration de Valérie Péronnet

Préface de Bernard Kouchner

ÉDITIONS

ISBN : 2-915056-27-7

À mon père, Ted
À Marie-Christine

Préface
de Bernard Kouchner

Bravant les lois et les mœurs, une mère apporta à son fils souffrant et incurable la mort qu'il désirait ardemment. Tragédie moderne à l'extrême, l'événement bouleversa la France, marqua le temps, imposa une réflexion et fit évoluer notre législation. Raconté au plus juste, voici le récit du médecin qui, surmontant ses doutes, accomplit, après Marie Humbert, le geste ultime et libérateur.

Vous ne sortirez pas indemne de cette lecture.

La trajectoire d'un homme se mesure aux risques qu'il affronte. Par une matinée de septembre 2003, Frédéric Chaussoy, réanimateur médical (métier de tous les dangers), décida de mettre un terme aux souffrances de Vincent Humbert, jeune paralysé de vingt-deux ans enfermé dans le cercueil de son corps. Ce fut un choc pour nous tous et les débats politiques en parurent soudain bien fades. Cette décision du praticien de l'hôpital de Berck imposa, sans le savoir, une loi sur la fin de vie en France.

Le parcours professionnel de ce médecin est limpide. Vous allez recevoir, dans l'émotion, le récit de la vie d'un homme honnête dont les bonheurs, les malheurs, la formation qui colorent son parcours convergent vers ce geste de délivrance et de compassion, cette décision suprême. Merci docteur Chaussoy.

Ce n'est pas la mort qui a gagné, mais la vie. Le jeune paralysé voulait mourir et n'en avait pas le droit. Il n'avait pour exprimer cette exigence que les mouvements imperceptibles du pouce de sa main droite. Ce sont l'obstination et l'énergie de Vincent Humbert, tétraplégique, aveugle et muet, qui ont triomphé. Il a droit à notre gratitude. Ni la nature ni le ciel n'exauçaient son souhait de quitter son cercueil de chair. Alors, affrontant la loi, la personne qui l'aimait le plus, sa mère, Marie Humbert, l'a aidé à partir : geste d'amour extrême. Cette maman, s'élevant au-dessus des lois et des tabous, entre dans l'histoire de la médecine. Les malades en fin de vie lui devront beaucoup. Les lois futures seront plus douces.

La mort fait partie de l'existence, les médecins que tout pousse vers la vie devraient enfin l'admettre puisqu'ils le savent si bien. Le docteur Frédéric Chaussoy a choisi de franchir la ligne. Non seulement il l'a fait, mais il le revendique et son illégalité devrait être féconde.

Débrancher l'appareil respiratoire, arrêter l'assistance lorsqu'il n'y a plus rien à faire : on soupçonnait ces pratiques et on ne voulait pas trop parler. Les médecins, les équipes médicales qui s'y livrent encourent des poursuites pour homicide et ne souhaitent guère aborder publiquement le sujet. On appelle cela l'euthanasie passive. Je déteste ce mot. Parlons d'assistance, d'accompagnement, de fin de vie.

Depuis la mort du jeune homme, bien des choses ont changé. Auditionnant de nombreux experts, une mission parlementaire a achevé un très intéressant travail. On n'aura pas assez entendu les malades ni les représentants des associations de malades, mais ce fut un énorme progrès. On continue de privilégier la volonté des médecins à celle des malades mais la proposition de loi n'a vu le jour qu'un an après la mort de Vincent Humbert, un record.

Dommage cependant de ne pas être allé un peu plus loin. Pour les cas extrêmes, on devrait d'abord rechercher et respecter la volonté du patient. Dans le texte de loi proposé, cette volonté n'a pas de valeur indicative, c'est toujours aux médecins qu'il revient de savoir quelle est la meilleure décision pour le patient, y compris en fin de vie. Le projet protège clairement les médecins. Il est excellent que les médecins qui se chargent de la fin de vie soient protégés. Il est excellent que la décision soit prise de manière collégiale mais cette proposition de loi ne règle pas tout, les problèmes posés par la réanimation néonatale demeurent, ainsi que serait demeuré le problème posé par un Vincent Humbert dans l'incapacité de mettre fin à ses jours.

Il faudra encore du temps avant d'en arriver à un consensus social qui ouvrirait le droit à une mort choisie. Ni l'idée de dignité ni même celle de liberté n'y suffiront. Ne serait-il pas plus facile d'agir au nom de la souffrance pour que l'individu, la personne, soit la seule à décider de sa fin et non la société qu'il faut parfois bousculer pour qu'elle avance.

Le livre est dans vos mains : vous pouvez en juger.

Bernard Kouchner

D'abord, il ne se passe rien. Le silence remplace peu à peu le bruit léger de la machine que je viens de débrancher. Les indicateurs lumineux ont cessé de clignoter sur l'écran. La clarté du matin inonde la chambre verte. Par la fenêtre, j'aperçois le ciel. J'évite de baisser les yeux. Je ne veux pas voir la horde des journalistes, les camionnettes et les antennes paraboliques entassées sur le parking. Je veux juste être là, concentré sur ce que j'ai à faire.

J'observe avec attention le jeune homme, allongé sur son lit. Pommettes saillantes, yeux clos, visage émacié, les bras recroquevillés et les mains tordues par une double hémiplégie. Inerte, absent. Perdu dans son coma. J'attends sa réaction.

Il ne faut pas bien longtemps pour qu'il

commence à haleter. Dans un ultime réflexe, son organisme abîmé se bat contre la mort. Il cherche son souffle, en de petites respirations saccadées. Il a du mal à le trouver.

Le capteur relié à son doigt transmet une première information alarmante : la saturation en oxygène chute. Évidemment. Moins il respire bien, moins le sang est oxygéné.

Il ne parvient ni à respirer ni à cesser de respirer. La machine n'est plus là pour le faire à sa place. Tout seul, il ne peut pas. Je sais que l'issue est inéluctable. Il va se mettre à transpirer, devenir bleu, s'étouffer peu à peu, et puis mourir asphyxié. Je sais aussi que ça peut prendre des dizaines de minutes; une demi-heure, peut-être plus…

Mon devoir de médecin c'est de l'aider. Je vais le faire.

À 10 h 47, le cœur s'arrête de battre.

Vincent est mort.

C'est ce qu'il voulait. Je l'ai juste aidé à quitter sa prison. Et j'espère que ça ne va pas m'y envoyer, moi. À perpétuité…

1

Vivre « comme ça »

À quelques mois près, ce garçon avait l'âge de Fabien, mon fils aîné.

La voiture de Vincent est passée sous un camion, en 2000, il y a déjà trois ans, sur une petite route de campagne. Il rentrait chez lui. On ne sait pas très bien ce qui s'est passé : il ne roulait même pas trop vite. Il était pompier volontaire. Ses amis du centre de secours ont mis plus d'une heure à le désincarcérer. Après neuf mois de coma, il a bougé le pouce droit. Il lui a fallu encore six mois supplémentaires pour comprendre que remuer le pouce droit, désormais, ça serait son maximum. Vingt-trois ans et un corps comme un cercueil. Aveugle, muet, totalement paralysé mais constamment douloureux. À vie. Sauf le pouce droit…

La belle partie de mon métier, c'est quand les accidentés arrivent dans le service entre la vie et la mort, et qu'on peut les aider à s'accrocher du bon côté. Jour après jour, semaine après semaine, c'est la bagarre acharnée pour qu'ils récupèrent leurs fonctions vitales. On y croit, on n'y croit plus, on y croit de nouveau, et on savoure chaque progrès comme une victoire. Le premier regard, le premier geste, le premier mot. Le premier pas vers la vie, une nouvelle vie, rattrapée de justesse !

Arrive le moment où ils sont prêts à repartir. De chez nous, ils ne rentrent jamais chez eux. Nous les transférons vers les services d'éveil ou de rééducation où ils vont réapprendre la vie. Ils en ont pour des mois, des années parfois : réapprendre à parler, à manger, à bouger. Apprendre à se déplacer autrement, parfois à vivre accompagnés d'instruments. Un long chemin les attend, mais ils sont vivants. Vraiment vivants. Ça veut dire qu'ils peuvent communiquer, faire des projets, commencer ou recommencer, avancer, espérer, progresser.

L'autre partie de mon métier, c'est quand il n'y a plus rien à faire. Lorsqu'ils basculent vers la mort sans qu'on puisse les en empêcher. Trop blessés, trop malades, épuisés. On les voit qui s'enfoncent. Ils glissent, ils glissent, et on n'y peut rien. On a beau tout essayer, ça n'est pas assez. On se bat autant qu'il est possible avec eux. Mais ça ne suffit pas.

Sur cinq patients qui arrivent chez nous, un ne ressort pas vivant. C'est dur d'abandonner, mais c'est comme ça, je le sais. Nous le savons tous. Et la seule chose que nous pouvons faire pour eux, c'est veiller à ne pas insister inutilement et les laisser partir. Quand il est temps.

Nous ne sommes pas un service d'acharnement, mais de réanimation. C'est ce que je dis souvent aux familles inquiètes, pour les rassurer. Notre responsabilité, c'est aussi de savoir arrêter. Même si c'est pour sauver des vies qu'on fait ce métier, il faut accepter, parfois, de les voir nous échapper.

Et puis il y a la partie la plus difficile. Ceux qui ne s'en sortent pas, mais qui ne meurent pas non plus. Eux aussi, on les rattrape de justesse, comme Vincent, sans savoir dans quel état ils se réveilleront. Quelquefois, ils ne se réveillent pas. Mais ne meurent pas pour autant. Ils sont perdus dans leur coma, ailleurs, sans nous, hors de portée, des mois, des années. Nous les avons arrachés à la mort, mais nous n'arrivons pas à les remettre dans la vie. Nous n'avons plus aucun projet pour eux, et plus aucun espoir de les aider à progresser.

Quelquefois, c'est pire encore : ils se réveillent, mais c'est tout. Prisonniers d'un corps totalement inerte, souvent perclus de douleurs, et sans aucun moyen de communiquer. Nous savons qu'ils sont conscients, sans rien pouvoir leur proposer pour sortir de leur prison ni améliorer leur existence.

C'est ça, la partie la plus difficile de mon métier : aujourd'hui, on sait si bien réanimer qu'on fabrique, aussi, une cohorte de morts vivants, enfermés dans leur carcasse, trop costauds pour mourir mais trop abîmés pour vivre.

Vincent, lui, dès qu'il a pu, s'est servi de son pouce pour demander qu'on arrête là, qu'on le laisse mourir. Non pas parce qu'il ne voulait pas vivre, mais parce qu'il ne voulait pas vivre « comme ça », pendant quarante ans, peut-être plus, sans autre avenir que souffrir le martyre et bouger un doigt.

Le drame, c'est que ni la médecine ni personne n'avaient rien d'autre à lui proposer. Mais ni la médecine ni personne n'avaient, non plus, le droit d'accéder à son souhait.

Finalement, c'est sa mère qui l'a fait. Le summum de la barbarie. Une mère, ça donne la vie, ça ne doit pas donner la mort. Ça n'injecte pas des barbituriques dans la sonde gastrique de son fils de vingt-trois ans, parce qu'il réclame depuis des mois le droit de mourir mais que personne ne lui répond, et qu'on ne peut pas se suicider en bougeant seulement le pouce droit.

2

Vite, et juste

Je ne savais presque rien de Vincent Humbert lorsqu'il est arrivé dans mon service, le mercredi 24 septembre 2003, en début de soirée. J'étais rentré chez moi depuis une petite heure, après une journée ordinaire : réunion avec l'équipe, tournée des douze lits du service, et un monceau de tâches administratives à régler. Quand je suis arrivé, la nuit était tombée, la maison sentait bon et Marie-Christine avait allumé un feu dans la cheminée.

Le téléphone a sonné, Marie-Christine a décroché. C'était le médecin de garde. Elle m'a tendu le combiné en levant les yeux au ciel et en murmurant qu'elle aurait mieux fait de laisser le répondeur branché. Mais j'ai entendu dans sa voix qu'elle avait compris qu'il se passait quelque chose de grave. Depuis le temps que je fais ce travail, elle connaît la musique… Aussi bizarre que ça puisse paraître, nous avons rarement des urgences, en réanimation. Je veux dire des urgences qui nécessitent que le chef de service revienne précipitamment de chez lui alors qu'il vient de partir et qu'il n'est pas de garde. Évidemment, on m'informe de chaque entrée. Mais l'équipe est solide et efficace. Chacun sait parfaitement quoi faire, quand et comment. Quand un malade arrive chez nous, on commence par tout mettre en œuvre pour le maintenir en vie ; ils n'ont pas besoin que je sois là pour ça, ils savent très bien faire sans moi. Après, une fois qu'il est stabilisé, on prend tranquillement connaissance du dossier, et on réfléchit ensemble à la meilleure solution thérapeutique à proposer. Et puis on voit comment ça évolue, jour après jour.

A priori, il n'y avait donc aucune raison que le médecin de garde, que j'avais quitté une heure plus tôt dans un service où tout était tranquille, me dérange chez moi et me parle avec cette voix saccadée par le stress.

— Que se passe-t-il ?

— Vincent Humbert… C'est fait… Sa mère lui a donné ce qu'il faut. Il est dans le coma, stable sur le plan hémodynamique, une tension très basse. Le service de rééducation vient d'appeler, ils veulent qu'on le transfère chez nous dès que c'est possible.

— C'est quoi ? Des barbituriques ?

— Oui. Elle les a injectés par la sonde gastrique.

— Il y a longtemps ?

— On ne sait pas très bien. Dans l'après-midi, semble-t-il

— Bon, j'arrive.

J'ai attrapé mon blouson. Marie-Christine m'attendait dans l'entrée, l'air inquiet.

— Qu'est-ce qui se passe ? Tu y retournes ?

— Oui. Tu te souviens de Vincent Humbert ?

— C'est pas ce garçon tétraplégique qui réclame depuis des mois le droit de mourir ? Les journaux en ont parlé assez souvent !

— C'est fait. Sa mère lui a fait une injection.

— Il est mort ?

— Pas encore. On le récupère dans le service.

J'avais déjà le dos tourné. Elle a saisi mon bras pour m'obliger à faire demi-tour et à la regarder en face. Et puis elle a murmuré, en rivant ses yeux aux miens :

— Laissez-le mourir, Fred. Ne le réanimez pas…

— On va voir. Je file…

J'aime ma femme, infiniment. Et j'aime aussi la mère qu'elle est. À nous deux, nous avons cinq enfants : Fabien et Mathilde, les miens, Claire et Jean-Éric, les siens, et Thomas, le nôtre. Nos deux filles étaient dans la même classe, nous nous sommes rencontrés dans les couloirs de leur école maternelle… Depuis quinze ans que nous vivons ensemble, je la vois prendre soin de sa couvée et de la mienne, avec grâce et détermination, une tendresse farouche et indéfectible, un bonheur gourmand et attentif. Marie-Christine est une mère magnifique.

Et pourtant, elle dit : « Laissez-le mourir, ne le réanimez pas. »

Depuis le temps que je fais ce métier, que je réanime des enfants et des maris, des pères, des mères, des amis, j'ai appris l'incroyable puissance d'amour qu'il faut à un être humain pour envisager une chose pareille. Ça me bouleverse toujours autant.

C'est la première personne que je vois en arrivant. Au milieu de l'effervescence d'un service en ébullition, une petite femme un peu ronde, brune et digne, sanglote doucement, assise sur une chaise, dans le couloir, devant la porte ouverte de la chambre de son fils. La mère de Vincent, sans aucun doute. Douleur et chagrin, extrême solitude. Elle semble perdue, comme une naufragée dans la lumière un peu criarde de ce couloir au milieu duquel s'agitent les infirmières. Épuisée, inquiète. Et absolument seule...

Autour d'elle, un jeune homme à l'air fou de colère tourne et vire dans le couloir. Une autre femme, qui lui ressemble, essaie de la consoler.

La première urgence, c'est toujours le patient. Je dois passer devant cette mère sans m'arrêter, et sans lui parler. Et me concentrer sur son fils, puisqu'on m'a appelé pour le réanimer.

Dans la chambre, je retrouve le médecin de garde, entouré de Stéphanie et Sabrina, deux infirmières du service de réa, montées de chez nous avec tout le matériel nécessaire à une première intervention d'urgence. Elles paraissent perturbées, tendues, mais je n'ai pas le temps de m'en préoccuper. Vincent Humbert est là, sur son lit, plongé dans un coma profond. Même s'il respire sans aide extérieure, sa tension est basse. Les premiers gestes de mon équipe ont été de lui poser une perfusion, et de brancher un cardioscope pour surveiller son rythme cardiaque, sa tension artérielle et sa saturation en oxygène.

— Comment ça se passe ?

— Pour l'instant, il tient le coup. On vous attendait pour décider si on lui « passe un tube » ou pas.

Cette expression, ça signifie mettre le patient sous assistance respiratoire, à l'aide d'un tube enfoncé dans la trachée-artère et relié à une machine qui inspire et expire à sa place. Je ne vois pas comment nous pourrions nous en dispenser : Vincent Humbert est dans le coma. À tout instant, la tension, ralentie par les barbituriques, risque de chuter de façon dangereuse, voire mortelle. La première parade indispensable, c'est la perfusion d'un produit qui va compenser la chute de tension. C'est fait. Mais un autre danger le guette, respiratoire celui-là ; une poignée de secondes suffit pour que le patient plonge dans un sommeil si profond qu'il arrête de respirer…

Il n'y a pas de temps à perdre. En quelques regards et quelques mots, la décision est prise.

— On l'intube.

Stéphanie et Sabrina s'activent autour du lit, passent les instruments nécessaires, concentrées sur leur tâche. Pas besoin de parler. Les gestes sont rapides, précis ; chacun d'entre nous les a répétés des dizaines, des centaines de fois… Au vol, je saisis le regard noir des deux jeunes femmes. Je les connais depuis assez longtemps pour imaginer ce qu'elles pensent de ma décision, mais ça n'est pas le moment d'en discuter. En deux minutes à peine, Vincent Humbert est mis sous respirateur, il est provisoirement mis hors de danger.

Je sors un instant pour faire le point avec le docteur Rigaux, chef du service de l'unité d'éveil où vit Vincent depuis trois ans, et la surveillante de nuit, qui nous attend dans son bureau. Ils demandent son transfert en service de réanimation, au plus vite. Mon confrère m'explique que nous sommes le jour anniversaire de l'accident de Vincent, et que c'est Marie Humbert elle-même qui lui a avoué son geste, quand il est entré dans la chambre, moins d'une heure plus tôt. Elle a injecté le produit en début d'après-midi et elle pensait sans doute qu'il était trop tard pour qu'il intervienne. Mais il a immédiatement appelé mon service. Dans la foulée, il a aussi prévenu le directeur de l'établissement, le responsable administratif et le procureur de la République, comme l'exige la procédure.

Pourquoi est-ce que personne n'a rien tenté pour dissuader cette mère de commettre un acte aussi terrible, puisqu'elle a claironné partout qu'il fallait le faire, qu'elle allait le faire, et que tout le monde savait qu'aujourd'hui était une date anniversaire ?

Et moi, combien de temps pourrais-je vivre en n'étant pas capable de bouger autre chose qu'un doigt ?

Je sais que ça n'est pas le moment de penser à tout ça. J'y pense quand même.

Ma préoccupation, ça doit être de récupérer le maximum d'informations techniques sur mon nouveau patient, un jeune homme qui vient d'être empoisonné aux barbituriques, pour comprendre au plus juste ce que son organisme est en train de subir, et trouver comment lutter contre les assauts de la mort. J'ignore presque tout de lui. Mais le docteur Rigaux, qui le suit depuis trois ans et maîtrise tous les éléments du dossier, a décidé qu'il fallait le réanimer. Il a donc alerté mon service et prévenu les autorités. C'est sa responsabilité, incontestable ; pour le moment, je ne vois pas ce que je peux y trouver à redire.

En sortant dans le couloir, je croise cinq policiers en uniforme qui se dirigent vers la mère de Vincent. Ils vont l'emmener, et je ne peux rien y faire.

3

Les familles

La plupart du temps, les familles que je reçois pour la première fois sont en mauvais état. Abattues, effrayées, angoissées, sonnées par l'accident qui vient de bouleverser leur vie. Il faut prendre le temps d'écouter et de répondre, d'expliquer en choisissant les mots avec soin pour les aider à accepter la réalité sans les secouer trop fort. Pour aborder ce moment-là, il n'existe ni règle ni loi, si ce n'est l'humanité. Nous devons être suffisamment attentifs pour sentir ce qui peut être entendu, et avec quels mots le dire. Et aussi pour nous taire, et respecter le silence, parfois nécessaire. Aucun protocole ne peut définir à l'avance ces choses-là. Dans mon service, nous répondons au téléphone à toute heure du jour et de la nuit, même quand il n'y a aucune information nouvelle à donner. Nous écoutons, nous rassurons, nous encourageons. Nous encaissons, aussi, mauvaise humeur et angoisses, agressivité et chagrins, doutes et découragement. Qui d'autre, sinon nous ?

Les familles ressemblent au monde dans lequel nous vivons. L'éventail de leurs comportements est incroyablement large : il va de la démission totale à l'implication illimitée. Certains nous disent : « Appelez-moi si ça va plus mal », et puis disparaissent, ou presque. Le plus souvent, il ne s'agit pas d'indifférence, mais plutôt d'une sorte de protection : la situation est trop difficile à appréhender. Impossible, pour eux, d'affronter l'éventualité de la mort, de s'y préparer et d'y préparer leur malade. La seule réponse qu'ils trouvent est de continuer à vivre ailleurs, en essayant d'oublier ce qui se joue chez nous. Notre rôle n'est pas de porter un quelconque jugement de valeur sur cette attitude, mais de l'intégrer, comme une donnée de l'histoire du malade, et d'en tenir compte au même titre que n'importe quelle donnée.

D'autres familles ont moins de difficultés à s'adapter. Sans en connaître le détail, on sent que le travail d'accompagnement et de préparation se fait lentement, souvent hors de chez nous. On les voit changer, jour après jour, semaine après semaine. Leur angoisse se transforme en chagrin, leur révolte en acceptation, et l'espoir se déplace lentement, pour se diriger vers un objectif réaliste et concret. Il faut du temps pour comprendre que celui qu'on veille ne remarchera pas, ou ne bougera plus, ou ne se réveillera jamais, ou va mourir bientôt. Nous devons laisser ce temps au malade et aux familles. Aucune urgence ne justifie qu'ils en soient privés.

D'autres encore ont besoin de se battre sur place. D'être là le plus possible, dans l'action, même si ça nous semble, à nous, totalement inutile, et parfois absurde. J'ai appris plus tard qu'un 14 juillet — jour du bal des pompiers —, Marie Humbert a révolutionné le service de rééducation en allumant pour Vincent un mini-feu d'artifice qui a déclenché une alerte incendie dans tout le bâtiment ! Vincent était aveugle. Ce feu d'artifice, Marie en avait sans doute beaucoup plus besoin que lui. Comme toutes ces photos qu'elle avait accrochées autour de son lit, ce que les règles d'hygiène interdisent strictement…

Soyons honnêtes : souvent, ces familles-là

nous agacent, nous envahissent, dérangent nos habitudes et l'agencement méticuleux de nos journées de travail ; contestent nos certitudes ; remettent en cause nos pratiques... Mais elles nous font avancer, aussi. Et elles ont droit à notre respect, au même titre que les autres. Nous nous devons de considérer qu'il est dans l'intérêt du malade de leur trouver une place, même si ça nous complique l'existence.

Quelles que soient leurs réactions, les familles sont intimement liées à l'histoire du malade et font partie intégrante du processus de guérison. Plus question, comme il y a encore quelques décennies, de les tenir le plus loin possible des chambres ; de leur servir des comptes rendus incompréhensibles ou de leur asséner les mauvaises nouvelles dans le couloir, debout entre deux portes ; de les faire se plier sans souplesse à des horaires de visite invraisemblables... Ces habitudes inhospitalières ont enfin tendance à s'assouplir un peu. Dans les nouveaux hôpitaux, les architectes prévoient des espaces pour accueillir les visiteurs humainement, et même chaleureusement. Et de plus en plus, les équipes veillent à les recevoir avec égard et humanité.

Mais l'humanité ne peut pas tout… Le soir du 24 septembre 2003, après avoir installé Vincent, intubé, dans le service, pour la première fois de ma vie de médecin, j'ai eu à affronter une famille folle de rage : son frère, Laurent — le jeune homme qui tournait avec colère dans le couloir —, et sa tante, qui consolait Marie avant qu'elle soit emmenée par la police.

Ils ne comprennent pas. Pourquoi n'a-t-on pas laissé tranquillement mourir Vincent, puisque c'était son souhait ? Comment osons-nous nous acharner sur lui ? Le travail des médecins, est-il de réanimer les mourants et d'appeler les policiers ?

Je n'y suis pour rien, mais je ne peux pas le leur dire. La seule chose que je peux faire pour eux, c'est comprendre leur fureur et essayer de l'apaiser un peu en me montrant calme et conciliant.

— Comprenez-moi, je n'ai pas le choix. Mon travail à moi, c'est de réanimer les gens et de les maintenir en vie.

— Mais puisqu'on vous dit qu'il *ne veut pas* être réanimé !

— VOUS me le dites, mais moi je n'en sais rien, pour le moment. Je ne connais pas encore le dossier, ni l'histoire de Vincent. J'ai été appelé parce qu'il a reçu une dose massive de barbituriques, qui met sa vie en danger...

— Vous croyez que ma mère lui aurait injecté sans son accord ? Vous croyez que c'est supportable, d'avoir vingt-trois ans et de savoir qu'on va passer le reste de sa vie allongé sur un lit en souffrant du matin au soir, sans pouvoir bouger, manger, voir, parler ?

— Je ne crois rien, j'ai besoin de faire connaissance avec Vincent pour comprendre.

— Mettez-vous deux minutes à sa place... La seule chose qu'il demande, c'est qu'on lui fiche la paix. De quel droit vous acharnez-vous contre sa volonté ?

— Je ne peux rien vous répondre de plus, à part que nous ne nous acharnons jamais au-delà du raisonnable...

— Ah oui ? Et ça vous semble raisonnable, de ne pas respecter sa décision ? Ça vous coûtait quoi de refermer la porte et de le laisser s'endormir tranquillement ? Je trouve ça dégueulasse...

— Ce n'est pas moi qui ai ouvert la porte ! On nous a appelés pour réanimer quelqu'un que nous ne connaissons pas...

— Mais vous ne regardez pas la télé ? Vous ne lisez pas les journaux ? Tout le monde connaît l'histoire de Vincent ! Ça leur a demandé assez d'énergie, à lui et à ma mère, de la raconter et d'ameuter tout le pays…

— Écoutez, je peux vous promettre une chose, c'est que nous ferons au mieux. Mais essayez de comprendre que nous avons besoin de calme et de temps.

— Ça fait trois ans que Vincent réfléchit à la question. Ça ne vous suffit pas, comme temps de réflexion ?

— Oui, mais ça ne fait même pas une heure qu'il est mon patient. Laissez-nous quelques jours pour y voir plus clair…

Je les ai quittés sans les avoir convaincus. J'ai bien remarqué le désespoir dans leurs yeux, et même une pointe de haine dans le regard de Laurent. Mais il était trop tard dans la soirée pour faire ou dire quoi que ce soit de plus, et bien trop tôt dans mon histoire avec Vincent Humbert pour que j'aie une idée très arrêtée sur la question. Ce soir-là, même si les informations qui me parviennent me disent qu'il va sans doute y avoir un moment où il faudra se poser d'autres questions, beaucoup moins techniques, j'ai assuré mon rôle de médecin-réanimateur : ramener à la vie un jeune homme que je ne connais pas et qui vient d'être victime d'une tentative criminelle d'empoisonnement aux barbituriques…

Avant de rentrer chez moi, je suis monté dans mon service. Tout était calme et tranquille. J'ai toujours bien aimé cette ambiance de nuit, tamisée et feutrée. La chambre au fond à gauche était très éclairée : c'est là que Vincent avait été installé. J'y ai retrouvé le médecin de garde, mais aussi Stéphanie et Sabrina. Elles faisaient clairement la tête.

— Tout va bien ?

— Si on peut dire. En tout cas, il est stable.

— On n'avait pas le choix, on a fait ce qu'il fallait.

— Vous ne croyez pas qu'il fallait surtout lui ficher la paix ?

— Je ne crois rien du tout. Et si demain son père déboule en accusant sa mère de l'avoir assassiné, et nous d'avoir laissé faire ?

— Tout le monde sait que c'est ce qu'il voulait.

— Tout le monde peut-être, mais pas moi. On ne peut pas prendre une décision en fonction de ce que raconte la télé, ou de ce qu'on lit dans les journaux. Nous allons traiter Vincent comme tous les autres patients : calmement, en prenant le temps de réfléchir.

En quelques mots, le médecin de garde m'a raconté que, lorsqu'ils sont arrivés dans la chambre de Vincent, ils se sont fait violemment prendre à partie par son frère, au point d'en venir aux mains. J'ai mieux compris l'air bouleversé des infirmières : drôle d'impression, de se faire insulter parce qu'on tente de sauver la vie d'un jeune homme...

— J'ai parlé avec Laurent Humbert. Il est très en colère.

— On le serait à moins.

— Je crois que nous avons tous besoin de temps, et de calme, pour réfléchir... En attendant, j'attire votre attention sur notre devoir de discrétion. Veillez à ce qu'aucune personne étrangère ne pénètre dans le service. Il ne manquerait plus qu'un paparazzi vienne prendre des photos... Méfiez-vous aussi de ce que vous racontez, et à qui. Pour l'instant, on est clairs : c'est silence radio...

De retour à la maison, j'ai croisé dans le regard de Marie-Christine la même colère que dans celui des infirmières, et de la tante de Vincent. Elle non plus ne comprenait pas pourquoi nous l'avions réanimé. Une fois encore, j'ai dû expliquer : l'urgence, un dossier que je ne connais pas…

— *A priori*, je ne sais pas, moi, si ce garçon a envie de vivre ou de mourir, ni quelles sont ses chances d'amélioration. Et tant que je ne sais pas, mon devoir de médecin, c'est de réanimer…

— D'accord. Mais imagine que ce soit un de nos enfants, à la place de Vincent. Tu réanimes ?

— Si c'était un de nos enfants, tu sais bien qu'il n'aurait pas eu besoin d'écrire à Chirac, et nous de faire tout ce battage. Il se serait endormi tranquillement, et pour de bon. Je n'aurais pas raté mon geste, comme Marie Humbert…

— C'est ça qui est dégueulasse. Ça doit être horrible, pour elle.

Même si je comprenais toutes leurs objections, je savais que j'avais raison. Mais, comme souvent, j'ai commencé à y voir plus clair en parlant avec Marie-Christine. Et ce que j'ai vu ce soir-là ne m'a pas tellement réjoui : balancée entre la loi et le bon sens, la lâcheté et l'humanité, cette affaire risquait de prendre très vite des proportions invraisemblables.

Nous étions couchés depuis un petit moment quand elle m'a murmuré :

— Mais vous allez faire quoi ?

— Je ne sais pas.

4

Douze lits, mille vies

Quand on m'a proposé de quitter Toulon pour retrouver la Manche au bord de laquelle je suis né il y a un bon demi-siècle, je n'ai pas hésité bien longtemps. Ça n'était pas tant pour rentrer chez moi — j'ai aimé, nous avons tous aimé les six ans passés près de la Méditerranée —, mais je n'ai pas pu refuser la proposition que me faisait le Centre de Berck-sur-Mer. Il s'agissait de reprendre le service de réanimation, pour y assurer la réanimation polyvalente pour toute la région, et aussi pour se spécialiser dans l'accueil des très grands blessés médullaires, les patients atteints dans leur moelle épinière.

Quand on est médecin, originaire de Boulogne-sur-Mer, on connaît forcément Berck. Posé au bord de l'eau comme un paquebot en cale sèche, l'énorme bâtiment pelé par les embruns du Centre Hélio-Marin abrite par dizaines les accidentés de tout le nord de la France, jusqu'à Paris. Depuis des années, ils occupent les lits des services d'éveil des traumatisés crâniens, de rééducation des tétraplégiques et paraplégiques, et de chirurgie orthopédique. Dans les rues de Berck et sur le front de mer, on croise en toutes saisons ces rescapés de l'enfer qui s'accrochent à leur nouvelle vie, apprennent à maîtriser leur fauteuil roulant ou leur claudication, se lèvent après être restés des mois cloués sur leur lit de douleur…

Au cœur du Centre, au rez-de-chaussée du bâtiment B, protégé par un interphone et les portes d'un sas de décontamination, se trouve un des rares services de France capables d'offrir les meilleures conditions aux accidentés médullaires atteints aux stades les plus graves, avec tous les moyens inventés par la médecine moderne pour revenir à la vie et s'y accrocher. Douze lits, où se jouent des centaines de vies, année après année. Mon univers…

Bien que ma mère prétende le contraire, je n'ai pas souvenir d'avoir choisi d'être médecin. J'ai plutôt choisi de suivre jusqu'à la fac de médecine d'Amiens la jeune fille dont j'étais amoureux à l'époque, et que j'allais d'ailleurs finir par épouser, puisque c'est la mère de mes deux aînés. En revanche, j'ai vraiment voulu, avec passion, devenir anesthésiste-réanimateur. J'étais interne, en dernière année de formation, quand j'ai atterri au service de réanimation de l'hôpital de Boulogne-sur-Mer, dirigé par le docteur Francine Lecointre. J'ai aimé, tout de suite, le côté très technique de la spécialité, cette nécessité de gérer l'urgence au plus près. Et j'ai aimé, surtout, la manière attentive et passionnée avec laquelle Francine Lecointre veillait à ce que soient prises en charge les détresses médicales, psychologiques, familiales, qui nous parvenaient.

C'est très important, pour comprendre notre métier, de commencer par le début. Chaque patient arrive avec une histoire, un parcours, un état de santé antérieur, une dose de chance ou de malchance. Et nous ne sommes pas tous égaux, à ce moment-là. Il y a un monde entre un malade victime d'un accident cardiaque ou cérébral dans un lit d'hôpital, et un Vincent Humbert que ses amis pompiers doivent localiser, puis désincarcérer avant de l'acheminer jusqu'au CHU par trente kilomètres de petites routes de campagne. Et pourtant, ce n'est pas forcément celui qu'on croit qui survivra. J'ai pu le constater mille fois au cours de mes bientôt vingt-cinq ans de pratique : le hasard fait partie des critères incompressibles de chaque « dossier », et l'homme a beau inventer les techniques les plus perfectionnées, il ne fera jamais disparaître cette part d'incontrôlable...

Ce n'est pas une raison pour ne pas essayer. Depuis que des hommes se sont mis dans l'idée de soigner, tous nos efforts sont tendus vers l'idée d'améliorer notre capacité à réparer, voire à inverser les effets du hasard, lorsqu'ils se montrent catastrophiques, monstrueux ou inacceptables. Et nous y parvenons assez bien, dans l'ensemble. Depuis un siècle, la médecine a progressé de façon fantastique. Et ces dernières décennies, les avancées sont même vertigineuses. La plupart des lits du service que je dirige actuellement sont occupés par des personnes qui n'auraient pas survécu à leur pathologie il y a dix ou quinze ans... Nous réussissons à arracher à la mort quatre-vingts pour cent des personnes qui arrivent chez nous dans un état extrêmement grave, en nous préoccupant également de leur degré de souffrance, que le progrès nous permet de réguler au mieux.

Mais il y a toujours un moment où nous ne pouvons pas faire plus…

Dans notre service, nous recevons deux types de patients. D'abord tous ceux, originaires des alentours, qui relèvent de la « réanimation polyvalente » : accidents cardio-vasculaires, complications de pathologies graves et traumatisés crâniens dont l'état ne nécessite plus de neurochirurgie puisque, à Berck, ce service n'existe pas. C'est dans ce cadre que nous avons accueilli une première fois Vincent Humbert, en 2000, après son accident de la route. Il venait du CHU de Rouen, sous assistance respiratoire par une trachéotomie. Un mois plus tard, il respire seul. Hors de danger. Le service d'éveil du docteur Rigaux le prend alors en charge.

En réanimation polyvalente, le pronostic est toujours hasardeux et compliqué. Comme les familles, nous sommes taraudés par deux questions : quand le malade va-t-il se réveiller, et avec quelles séquelles ? Il est impossible d'y répondre… Nul ne sait quand ni pourquoi un comateux sort du coma. Et ça n'est qu'une fois réveillé que l'on peut évaluer les lésions, souvent irréversibles, provoquées par le défaut d'oxygénation du cerveau au moment de l'accident. La seule chose que nous pouvons faire pour ces malades, c'est mettre tout en œuvre pour qu'ils soient dans le meilleur état possible au moment de leur réveil... Après, lorsqu'ils reprennent conscience, peut enfin commencer pour eux un long chemin d'éveil, puis de rééducation. Et ce n'est qu'au bout de longs mois d'un travail acharné qu'ils découvrent tout ce qu'ils ont finalement réussi à récupérer.

Nous recevons aussi les personnes dont la moelle épinière a subi une lésion grave, voire très grave. Elles nous arrivent de tout le nord de la France, et même parfois de Montpellier ou de Papeete ! Pour ces malades-là, le pronostic est plus rapide, et aussi souvent plus brutal. Dès l'instant où nous savons à quel endroit de la colonne vertébrale la moelle a été touchée, et avec quelle gravité, nous savons quelle partie du corps s'en trouvera paralysée...

La moelle épinière transmet les ordres du cerveau, comme un circuit électrique. Si le circuit est sectionné, en partie ou totalement, les ordres ne parviennent plus aux membres concernés, qui ne peuvent plus bouger. Plus la lésion est haute dans la colonne vertébrale, plus les séquelles sont lourdes. Si la moelle est atteinte au niveau des vertèbres cervicales, le corps entier est immobilisé. Dans les cas les plus graves, même le diaphragme ne reçoit plus d'ordres ; le patient est donc incapable de respirer sans l'aide d'une machine, dont il aura besoin jusqu'à la fin de ses jours.

Sauf s'ils ont aussi subi d'autres traumatismes graves, ce qui peut arriver dans la violence d'un accident, les malades médullaires sont très rapidement conscients, et ne souffrent d'aucune lésion cérébrale. Ils risquent surtout des complications respiratoires, ou circulatoires. Mais leur corps et leur vie doivent se « réorganiser » autour de leur paralysie, parfois totale.

La première chose que m'a apprise Francine Lecointre, c'est à considérer chaque « cas » comme un individu. Une personne singulière dont l'histoire singulière influe sur l'histoire médicale. Même si, dans la description clinique, rien ne ressemble plus à un comateux qu'un autre comateux, à un blessé médullaire qu'un autre blessé médullaire, j'ai découvert patient après patient qu'à symptômes absolument équivalents deux individus peuvent réagir de façon radicalement différente, sans qu'aucune raison médicale puisse vraiment l'expliquer.

Pourquoi, au bout de neuf mois de coma, Vincent Humbert finit-il par bouger le pouce droit ? Pourquoi l'homme qui gît sur le lit d'à côté restera-t-il totalement enfermé dans son sommeil ? Alors que la jeune fille de la chambre d'en face, elle, réussira à réapprendre à parler, au prix d'efforts insensés ? Pourquoi un trétraplégique atteint au plus grave niveau va-t-il bien accepter son assistance respiratoire, alors que son voisin, moins grièvement touché, ne se remettra pas d'une complication pulmonaire ?

Nous ne le savons pas. C'est pour ça que nous réanimons. Pour laisser toutes ses chances à la vie de reprendre le dessus, sans pouvoir garantir qu'elle y parviendra, ou qu'elle y parviendra « assez » pour que la personne sauvée ne devienne pas seulement un mort vivant.

De la même manière, nous ignorons totalement ce que le patient fera de sa vie sauvée. En clignant des paupières, puisque tout le reste de son corps était paralysé à la suite d'un accident vasculaire, Jean-Dominique Bauby a écrit, chez nous à Berck, *Le Scaphandre et le papillon*, un livre merveilleux, avant de s'éteindre paisiblement dans sa chambre de l'hôpital Maritime.

Vincent Humbert, lui, a mis toute son énergie dans son combat, pour obtenir le droit de décider lui-même du reste de son existence.

Arrivé chez nous brisé par un accident de voiture, Erwin, tétraplégique, trachéotomisé, définitivement rivé à son fauteuil roulant, se bat dans son association pour faire bouger la loi, et utilise avec une incroyable énergie les facultés dont il dispose : prendre la parole en public, apprendre l'informatique, surfer sur Internet. Et il tombe même amoureux !

Didier, chauffeur routier tombé de toute la hauteur de la citerne de son camion, a eu la moelle épinière sectionnée au plus haut niveau. Il est totalement paralysé, et dépendant d'un respirateur jusqu'à la fin de ses jours. Mais il n'a pas attendu d'avoir quitté notre service pour se marier avec Nadège, sa compagne et la mère de ses trois enfants. J'ai insisté pour que la cérémonie n'ait pas lieu au Centre mais à la mairie, comme pour tout le monde. À leur retour, nous avons organisé une fête dans le service. Parce que, chaque fois que la vie reprend le dessus, c'est une victoire pour chacun d'entre nous.

Tous n'ont pas la force. Certains abandonnent devant l'ampleur de la tâche, et le peu de possibilités dont ils disposent désormais pour aborder la vie. D'autres encore sont abandonnés, par des familles dépassées ou désespérées, qui ne peuvent pas ou ne savent plus comment accompagner leur malade. Marie Humbert aurait-elle pu être aux côtés de Vincent tous les jours depuis son accident si elle avait eu, par ailleurs, à s'occuper de deux ou trois enfants en bas âge ? Et si elle n'avait pas été là, acharnée d'optimisme, Vincent aurait-il fini par bouger un doigt ? Si elle n'avait pas été présente de nombreuses heures chaque jour, quelqu'un d'autre aurait-il remarqué que Vincent bougeait son doigt de façon volontaire ? Peut-être que oui… peut-être que non…

Chacun s'accroche à la vie comme il peut, mais aussi comme il veut. Chaque patient a son histoire, dans laquelle nous intervenons, finalement, assez peu. Même chez des malades « lourds », qui semblent dépendre totalement de la technique, l'essentiel nous échappe. Des jeunes à l'organisme résistant lâchent prise pendant que des vieillards au corps usé se cramponnent avec hargne. Tous m'ont appris la modestie…

Année après année, j'ai fini par comprendre ce que beaucoup de jeunes médecins refusent d'admettre, comme je l'ai longtemps refusé moi-même : tout mettre en œuvre pour sauver une vie ne sauve pas toujours une vie. Il y a un moment terrible où aucun médecin n'y peut rien.

Je ne me souviens pas de la première personne que je n'ai pas pu sauver. En réanimation, ce n'est jamais ainsi que ça se passe. Personne ne sauve personne ; nous travaillons en équipe. Chacun fait ce qu'il a à faire, et, à un moment, plus rien ne sert à rien, et le malade décroche. Je crois que, pendant très longtemps, je ne me suis pas interrogé plus que ça sur cette question-là. Après, en réunion de service, on fait le point sur la manière dont on a traité ce patient et on vérifie que tout a bien été tenté pour le sauver. Et puis on passe au malade suivant, pour qui tout reste encore à tenter. Et la vie du service continue.

Ça n'est pas de l'indifférence. C'est la distance nécessaire pour avancer. Dans un service de réanimation, vingt pour cent des patients perdent la vie. Dans mon service, ça représente environ soixante personnes par an. Une à deux par semaine. Nous serions en deuil perpétuel… Ce qui change d'un service à l'autre — ce qui m'a tellement touché dans celui de Francine Lecointre, sans que je parvienne à l'analyser à ce moment-là, j'étais bien trop jeune pour en être capable —, c'est l'humanité avec laquelle on traite chacune des personnes qui nous sont confiées. C'est infime, indéfinissable ; aucune loi ni aucun code de déontologie ne peut donner les critères tangibles de cette humanité-là. J'ai essayé, tout au long de ma carrière, de ne jamais m'en éloigner. De ne jamais « gérer des lits », ou « traiter des cas », mais avant tout de soigner des gens, avec attention, dans le respect et la dignité. Et, depuis que je suis responsable d'une équipe, je me suis efforcé de toujours veiller à ce que ça se passe comme ça chez moi.

Je dois bien avouer que toutes ces considérations sont restées très théoriques pendant mes premières années d'exercice. Il est si facile de se laisser absorber par la haute technicité des actes à accomplir ! Et ils sont tellement nombreux, précis, évolutifs, passionnants, que l'on peut passer toute une vie de praticien à se laisser fasciner, ou même simplement porter, par la tâche à effectuer, et le progrès après lequel il faut courir sans relâche.

Il n'est question de rien d'autre, à la Faculté :

nous apprenons à devenir des techniciens efficaces et compétents, à nous spécialiser dans le traitement et la réparation de l'organisme humain, à faire les bons gestes au bon moment. Plus le progrès avance, plus la somme de connaissances à ingurgiter augmente…

C'est une excellente raison pour rester loin du patient ; un parfait rempart contre toutes ces questions encombrantes et beaucoup moins techniques qui se posent inévitablement dès que vous côtoyez la douleur, l'impuissance, le désarroi des familles, l'espérance et surtout la désespérance. Dans les services les plus violemment confrontés à ces détresses-là, un travail au sein de groupes de parole aide parfois le personnel soignant à déverser le trop-plein d'émotions, à encaisser les chocs, à déposer les angoisses et les peurs. Parfois. Mais c'est encore une exception. La plupart du temps, comme dans la vie au-dehors, chacun est prié de se débrouiller pour slalomer sans faiblir au milieu de la réalité, aussi cruelle soit-elle…

Pourtant, à un moment ou à un autre, elle vous rattrape, la réalité. Et vous ne pouvez plus vous contenter de croiser tous ces destins en vous protégeant derrière votre blouse blanche de médecin…

5

Mon père

Un jour, j'avais trente et un ans et ma fille Mathilde venait de naître, cinq ans après Fabien. Mon père est devenu tout jaune. Quelques heures et quelques examens plus tard, l'ami médecin chez qui je l'avais envoyé m'a appelé pour m'annoncer que les résultats n'étaient pas bons, et le pronostic effroyable. J'ai été projeté, d'un seul coup, de l'autre côté. De médecin, je suis devenu « famille ». Et de jeune papa, je suis redevenu fils. Le petit garçon d'un homme invincible dont on me disait que, médicalement, il était déjà presque mort.

Je ne me souviens pas de la première personne que je n'ai pas pu sauver, mais je me souviens très bien que nul, ni moi ni aucun de mes confrères, n'a pu sauver mon père. En trois mois — le temps de son agonie —, j'ai expérimenté dans mon corps et dans ma propre vie tout ce qui se jouait sous mes yeux dans le service où je travaillais. L'espoir et le désespoir. La souffrance physique, qu'il est insupportable de ne pas voir traiter au mieux, et la souffrance psychologique, pour laquelle on a si peu de réponses. J'ai vu ma mère se décomposer au fur et à mesure qu'elle voyait son mari ne pas résister. J'ai vu mon père résister, abandonner, se battre encore, baisser les bras. J'ai vu l'homme invincible devenir un malade impuissant, perdu, dépendant.

Et puis notre peur, à mon frère et à moi. J'ai compris le temps qu'il faut à l'idée pour qu'elle fasse son chemin. Admettre qu'il va mourir, d'abord. Et puis l'accepter, au lieu de s'arc-bouter contre. C'est terrible, d'admettre que son père va mourir. Et quand on est médecin, je pense que c'est pire encore. Toute la famille attend de vous que vous fassiez quelque chose pour que ça n'arrive pas. Et vous ne pouvez rien faire. J'ai compris ce que disait le regard qui accompagne la question : « Vous êtes sûr, docteur ? »

J'ai appris, aussi, à passer du temps avec lui, pour rien. Juste pour être là, parce que ça nous faisait du bien à tous les deux. J'ai vu que lui prendre la main était aussi important que tous ses traitements. Et comment ce qui est inadmissible un jour, par exemple arrêter un traitement, peut devenir indispensable le lendemain.

J'ai parcouru le chemin, en famille, et même en chef de famille, pour me rendre à l'évidence : maintenant, ça suffit. Il n'en peut plus, il est prêt. Et, finalement, nous aussi. Un jour, c'est le moment, tout le monde est arrivé au même point, comme un voyage qui se termine. Les médecins ne peuvent plus rien, à part essayer de calmer la douleur. Et nous admettons, chacun à notre manière, qu'il a le droit de lâcher prise.

Il pèse quarante-cinq kilos, ne mange plus, ne bouge plus, et parle avec difficulté. L'unique chance de mon père, durant ses derniers jours, c'est d'avoir un fils médecin. La seule chose technique que je peux faire pour lui, c'est veiller à ce que le traitement antidouleur soit dosé au plus juste. Mais je peux aussi prendre la responsabilité de sa sortie de l'hôpital. Nous décidons, tous ensemble, de renoncer à une nouvelle chimiothérapie. Nous le ramenons à la maison.

Je prends en charge son dernier traitement, qui d'autre, mieux que moi ? Épaulé par un confrère, pour être sûr, une fois encore, d'être au plus juste. Une dernière semaine, que nous nous efforçons de rendre la plus douce possible, pour chacun d'entre nous.

Sans les progrès de la médecine, mon père serait sans doute mort quelques semaines plus tôt, dans de terribles souffrances. Nous avons tenté de le soigner, mais ça n'a pas marché. Nous savons aussi repousser la mort. Nous l'avons repoussée, jusqu'au moment où la vie est devenue insoutenable. Nous devons également savoir arrêter de nous battre contre la mort, avec douceur et respect, quand on a trop essayé de prolonger la vie, et qu'elle devient indigne.

Sans un fils médecin, mon père serait sûrement mort quelques jours plus tard, dans sa chambre d'hôpital.

Je n'ai pas tué mon père. C'est le cancer qui l'a tué.

6

Sauver la vie

Il y a peu de temps, j'ai reçu une lettre de la maman de Martin. En novembre 1987, Martin avait tout juste dix-huit mois. Il a croisé sur sa route un pot de soude caustique en cristaux qu'il a trouvée tellement appétissante qu'il s'est empressé de l'ingurgiter. La maman de Martin ne s'en est pas aperçue tout de suite. Soudain, son fils s'est mis à aller très mal. Elle s'est précipitée avec lui à la clinique la plus proche. C'est là que je travaillais, à l'époque. Le médecin qui les a reçus était en train de lui expliquer que le cas était trop grave, et qu'il avait appelé une ambulance pour emmener Martin à l'hôpital de la ville d'à côté quand je suis arrivé pour reprendre mon service. J'ai pris le pouls du petit et j'ai compris que son cœur était en train de lâcher.

Je connais les gestes qui sauvent, parce que

c'est ma spécialité. J'ai pris Martin en charge, et j'ai fait appeler le Samu : pour qu'il ait une chance, même infime, de s'en tirer, pas question de le laisser partir dans une simple ambulance, sans assistance médicale…

Le cœur de Martin est reparti, le Samu l'a conduit au CHU le plus proche, et je l'ai oublié. Jusqu'au jour où j'ai ouvert cette enveloppe. La lettre était accompagnée de deux photos : celle d'un petit garçon d'un an à peine, et celle d'un adolescent rieur en train de faire un câlin à sa petite sœur. La maman de Martin ne savait pas mon nom. Mais, au moment de la mort de Vincent, elle m'a vu à la télévision. Et, quinze ans après, elle m'a reconnu. Dans sa lettre, elle dit qu'après un douloureux et interminable parcours du combattant, Martin va enfin bien et qu'il est heureux. Il s'est même donné la peine d'ajouter un petit mot :

Vous avez personnellement assumé le droit à la mort de Vincent. Merci d'avoir assumé le droit à ma vie.

Martin.

Je ne me souviens pas de la première personne que je n'ai pas pu sauver, mais je me souviens parfaitement de l'impression, très étrange et très puissante, que j'ai ressentie au moment de signer mon premier « bon bleu ». C'est comme ça qu'on appelle le permis d'inhumer. Pour le signer, il faut être docteur en médecine, et avoir prononcé le serment d'Hippocrate. Ce n'est pas rien, de déclarer la mort d'un homme, et d'apposer sa signature en bas d'un document officiel qui dit que cette personne n'existe plus. Encore aujourd'hui, je ne signe jamais ces documents-là de la même manière que la montagne de paperasserie que j'ai à parapher chaque jour.

Je me souviens aussi de façon très précise du jour terrifiant où, remplaçant d'un médecin de campagne, j'ai été appelé d'urgence par une patiente qui était en train d'accoucher chez elle, dans un hameau isolé du fin fond du Pas-de-Calais ! Je gardais vaguement en mémoire les impressions plutôt « remuantes » d'un stage en maternité, lors de mon externat. Ajoutées aux quelques feuillets polycopiés récupérés à la fac lors du module d'obstétrique, elles constituaient ma seule et unique formation à l'accouchement…

Le parcours jusqu'à la maison de la patiente

a été particulièrement angoissant. J'ai passé en revue toutes les positions incongrues dans lesquelles pouvait se présenter un bébé mal engagé, et tous les avatars qu'il risquait de rencontrer dans le passage étroit qui le menait jusqu'à la vie. Ça ne m'a pas rassuré du tout. Sauver la vie, d'accord, mais la donner ? On ne m'a jamais appris…

À peine né, le bébé était déjà rose et joufflu. Quand je suis arrivé, il m'attendait tranquillement dans les bras de sa maman, sous le regard ému de son papa, au milieu de ses nombreux frères et sœurs. J'ai pris l'air dégagé pour vérifier qu'il était en parfaite santé, et que la délivrance se passait elle aussi sans aucune complication. Cet enfant-là n'a jamais su qu'il m'avait fait la peur de ma vie !

J'étais de garde, loin de la maternité, lorsque Fabien, mon premier garçon, est venu au monde. Lui m'a carrément accueilli lavé, habillé et niché dans les bras de sa mère. C'est une incroyable émotion de découvrir cette nouvelle personne, de réaliser qu'elle est votre fils et de l'aimer, immédiatement.

J'étais moi-même encore presque un enfant, un jeune homme monté en graine, que les mystères de la vie et de la mort effleuraient à peine. À l'époque, je commençais une carrière d'anesthésiste. Au sein d'un service de chirurgie courante, j'endormais les gens pour qu'ils puissent être opérés, et puis je les réveillais. La plupart du temps, tout se passait sans histoire, et sans questions existentielles. Pour un médecin, intervenir même lourdement auprès d'un patient afin de le soigner, et que sa santé comme sa vie en soient améliorées, ça coule de source. J'étais rarement en contact avec les familles ; la grande majorité des patients dont je m'occupais repartait plus en forme que quand ils arrivaient. Une belle vie de médecin !

Quelques années plus tard, fort de mon expérience, mais dûment entouré d'une sage-femme et d'un obstétricien, j'ai moi-même pratiqué la péridurale pour l'accouchement de Mathilde. À la fois professionnel et nerveux comme un patient, j'ai vu naître ma fille, sans oser vraiment la toucher. Acteur mais spectateur, intimidé mais fier, submergé d'amour mais toujours pas réellement papa…

Il faut du temps, pour saisir ce qu'est véritablement la vie. Du temps, et de la chance aussi. J'ai rencontré Marie-Christine, et nous nous sommes laissé aspirer par notre histoire d'amour fou. Deux adultes enfin, amoureux comme des adolescents, qui prennent des décisions déraisonnables en étant sûrs qu'ils ont absolument raison. Nous avons entraîné nos enfants dans notre tourbillon, et, avant même de l'avoir décidé, Thomas est arrivé.

Le jour de sa naissance, c'est moi qui l'ai sorti du ventre de sa mère. La vie m'a submergé avec une telle intensité que j'ai enfin compris.

Il faut du temps pour savoir donner la vie. Du temps, et de l'amour aussi.

7

Marie

D'habitude, nous avons le temps de faire connaissance avec nos patients, même avec ceux qui sont inconscients, par l'intermédiaire de leur famille. C'est capital, le temps. Nous le savons tous, à l'hôpital : guérir prend du temps. Mourir aussi. Et je pense que c'est de la folie de perdre de vue cette évidence.

Le matin du jeudi 25 septembre 2003, lendemain de son empoisonnement, je ne suis sûr que d'une chose : tant que je ne connais pas Vincent, pas question de prendre une quelconque décision. Évidemment, c'est une notion insaisissable pour la horde de journalistes pressés agglutinée sur le parking du Centre. Ils attendent qu'il se passe quelque chose. Ils veulent savoir quand et comment. Si ça va être long, et si ça sera prêt pour le journal de 13 heures. Pour calmer tout le monde, je suis obligé d'aller, devant micros et caméras, lire un communiqué qui ne dit rien, si ce n'est que l'état de Vincent est stationnaire. Ça ne les calme pas du tout. Tant pis. Moi, j'ai besoin qu'on me fiche la paix pour saisir qui est Vincent Humbert, et envisager ce qui est le mieux pour lui.

Je reçois son père, aussi furieux que les autres membres de la famille. Il m'explique que tous, sans exception, sont avec Vincent, qui a annoncé sa décision lors d'un conseil de famille, quelques mois plus tôt. Lui non plus ne comprend pas qu'on ait réanimé son fils. Lui aussi réclame qu'on respecte son choix… Il le dit sur un ton cassant, presque méprisant. J'encaisse, et j'enregistre.

Dans la matinée, deux fax nous parviennent. L'un nous traite de nazis, et l'autre de barbares. Ne pas se laisser déstabiliser par les hurlements du dehors. Garder son calme et son sang-froid, et ne pas perdre de vue l'essentiel : Vincent. Qu'est-ce qui est le mieux pour Vincent ?

Ce matin-là, Françoise, ma secrétaire depuis des années, a été un rempart formidable contre la pression extérieure. Des heures durant, elle a répondu aux journalistes en prenant méticuleusement leurs coordonnées avant de les éconduire fermement.

En fin de matinée, elle m'a quand même passé un appel urgent.

— Docteur Chaussoy ? Bonjour. Je suis le lieutenant Bauer, du commissariat de Berck.

— Que puis-je faire pour vous ?

— Serait-il possible que Mme Humbert, actuellement en garde à vue dans nos locaux, vienne rendre visite à son fils ?

— Bien sûr.

— Nous arrivons.

J'ignore comment ils ont traversé le parking sans être assaillis ; sans doute ont-ils utilisé un itinéraire discret pour parvenir jusqu'à nous. On n'entre pas dans un service de réanimation comme dans un moulin. En passant dans le sas qui leur est réservé, les visiteurs sont priés de revêtir une blouse, et des chaussons de protection.

Ce n'est pas Marie Humbert qui a sonné à la porte, mais toute une délégation. Elle était accompagnée de trois policiers, et d'une dame qui ne s'est pas présentée, dont je finirai par comprendre qu'il s'agit de la sous-préfète, directement mandatée par la présidence de la République pour l'assister. Je les ai accueillis le plus simplement possible. Marie Humbert avait les yeux d'une mère inquiète et fatiguée, qui a beaucoup pleuré. Les yeux de ma mère, à la mort de mon père.

Les autres m'intéressaient assez peu, mais je n'ai pas pu ne pas remarquer que, officiels ou pas, ils étaient tous émus. Aux larmes.

Nous nous sommes tous dirigés vers la chambre de Vincent. Marie Humbert n'a pas pu y entrer seule ; en garde à vue, on est obligatoirement escorté par un policier. Lui et moi sommes restés en retrait, pour respecter autant que possible l'intimité d'une mère et de son fils.

Elle s'est penchée vers lui. Lui a parlé doucement, a caressé sa joue et son crâne. Elle a pris sa main, l'a embrassé, touché. A rectifié la pointe de l'oreiller, l'a embrassé encore. Elle lui a murmuré des mots à l'oreille.

Elle pleurait.

Le policier aussi. Moi-même, je n'en menais pas large. Impuissant devant sa douleur, j'observais chacun des gestes de cette femme seule et totalement démunie. Sous les yeux d'un agent de police en larmes, je surveillais une mère pétrifiée d'amour et de chagrin, qui venait d'essayer de tuer son fils mort vivant, pour qu'elle ne recommence pas.

Comment aurait-elle pu recommencer ? Avec quels moyens ?

Au bout d'un moment assez court, elle a quitté Vincent des yeux, comme un arrachement, pour se tourner vers moi. Son regard m'a interrogé, sans un mot. Une partie de moi aurait voulu la prendre dans mes bras ; l'autre lui a proposé le plus doucement possible de la voir dans mon bureau.

Là non plus, le policier ne l'a pas quittée. Il s'est assis dans le fond, l'œil humide. Elle s'est posée au bord du fauteuil, s'est accordé quelques secondes, comme pour prendre du courage, et puis a levé la tête pour m'affronter sans ciller.

— Je ne comprends pas pourquoi vous avez fait ça, docteur.

Je sais que j'ai raison, et que j'ai fait ce que je devais faire. Mais j'aurais aimé ne jamais avoir à le lui expliquer. J'ai choisi chacun de mes mots pour qu'ils soient le moins terribles possible. Elle m'a écouté avec lassitude. M'écoutait-elle vraiment, d'ailleurs ? Sans doute pas. Une seule chose la préoccupait.

— Est-ce qu'il va mourir ?

— Je ne sais pas, il est trop tôt pour se prononcer.

C'était un mensonge. Je savais que Vincent n'allait probablement pas mourir : il était sous respiration assistée, son organisme était en train de se débarrasser petit à petit des barbituriques qu'elle lui avait administrés la veille. La dose l'aurait sûrement tué s'il avait été à jeun. Mais elle avait sans doute été mal renseignée, ou alors elle n'avait pas réalisé que la sonde gastrique par laquelle elle a injecté le produit avait pour fonction de nourrir Vincent. Ça a ralenti l'effet des barbituriques, suffisamment pour que le jeune homme n'ait pas assez sombré au moment où le docteur Rigaux a fait irruption dans la chambre, et décidé d'intervenir.

Vincent avait vingt-trois ans. Son organisme était à la fois fragile et solide, puisqu'il avait résisté à un terrible accident de voiture et à toutes ses conséquences. Objectivement, à part une providentielle complication que nous n'aurions évidemment pas traitée, il n'y avait aucune raison qu'il meure.

À moins, évidemment, qu'on ne débranche le respirateur.

— Vous êtes en train de me dire qu'il ne va pas mourir ? J'ai échoué, c'est ça ?

— Rien n'est vraiment sûr…

— Mais qu'est-ce qui va se passer ? Il va se réveiller ? Dans quel état ?

C'était une question terrible, la seule qu'on ait à se poser. La seule qui m'aurait aussi broyé les tripes, à sa place. Hélas, j'étais incapable d'y répondre. Personne ne savait à quel point la tension de Vincent avait chuté pendant les deux ou trois heures où les barbituriques avaient attaqué son organisme, avant l'intervention du docteur Rigaux. Il était possible que cette chute de tension ait provoqué une mauvaise irrigation du cerveau, et donc des lésions irrémédiables, surtout chez un patient dont l'état cérébral était déjà fragilisé.

Mais comment pouvais-je annoncer une chose pareille à cette femme ? Comment lui dire que non seulement son geste avait échoué, mais qu'en plus il risquait d'avoir encore réduit le peu de capacités qui restaient à Vincent ? Je ne pouvais pas. Et je ne voulais pas. Puisque rien n'était sûr, je préférais prendre le temps de voir comment évoluait la situation avant d'infliger à Marie Humbert une épreuve supplémentaire.

Malheureusement, mon silence a suffi. Je ne sais pas ce qu'elle a réalisé exactement, mais j'ai bien vu qu'elle était en train d'accuser le coup, et de comprendre qu'elle n'avait pas réussi son projet si fou et si courageux. La veille, dans le couloir, elle était une femme épuisée de chagrin mais fière et combative, tendue vers son objectif. Elle croyait à l'aboutissement de son geste. Elle pensait que Vincent était en train de mourir, et que rien ne pourrait s'opposer à cette réalité. Elle s'imaginait n'avoir plus qu'à attendre, avec force et détermination, avant de subir les conséquences judiciaires de son acte.

Mais le lendemain matin, dans mon bureau, elle s'est soudain aperçu qu'elle s'était trompée. Je l'ai vue se tasser dans son fauteuil, décomposée de désespoir, recroquevillée dans un abattement sans fond.

— Docteur, ne faites rien... Il voulait mourir.

— Je l'ai dit ce matin au père de Vincent : nous ne ferons rien de plus que ce que nous avons déjà fait.

— Est-ce qu'il souffre ? Faites en sorte qu'il ne souffre pas...

— Ne vous inquiétez pas. Il ne souffrira pas.

Elle semblait n'avoir même plus de larmes. Elle s'est levée, accablée, les yeux rouges et l'air hagard. Je l'ai accompagnée jusqu'à la porte. Je lui ai pris les mains, pour lui dire au revoir. La seule chose qui m'importait, c'était qu'elle sente à quel point j'étais avec elle, et que je ferais tout ce qui était en mon pouvoir pour l'aider.

— Je vous le promets, madame Humbert, nous ne nous acharnerons pas. Vous pouvez compter sur moi.

Elle a planté ses yeux dans les miens.

— Merci, docteur. Si on ne peut rien faire d'autre, au moins, qu'il ne souffre pas…

Quand elle est partie, solidement encadrée par sa délégation officielle mais absolument seule avec sa détresse, j'ai senti la même impression que la veille au soir, en pire : j'ai eu vraiment honte.

8

La mort oubliée

On me supplie souvent de tout faire pour éviter la souffrance, mais il est très rare qu'on me demande la mort. Sauf avec les yeux, peut-être, ou avec le silence. Mais pas avec les mots. Nous la voyons chaque semaine ; cependant, nous ne la « prononçons » que très rarement, à part sur l'acte de décès, qui n'utilise pas non plus le mot… Alors on dit « décédé », « disparu », « parti », comme pour tamiser la crudité tranchante de ces quelques lettres irrémédiables.

Quand on choisit ce métier, c'est pour donner la vie, ou la sauver. Réparer l'irréparable, clouer le bec à la fatalité. Même après des années de pratique, et des centaines de patients, même si c'est inéluctable et que parfois rien ne peut inverser le destin, il est difficile, pour nous, les soignants, de ne pas considérer la mort comme un échec. Et pourtant, en réanimation, nous la croisons régulièrement. Elle nous éprouve, chaque fois, même si nous savons nous protéger des émotions trop violentes en gardant la bonne distance.

Nous protéger, mais pas nous cuirasser. Chaque mort nous atteint, y compris quand elle délivre d'une vie insupportable. On ne prend pas l'habitude des corps sans vie, surtout lorsqu'ils se sont tant battus, et nous avec eux. Et même si elle pose parfois sur les visages la douceur du repos après un long combat, la mort est toujours laide. Les plaies et les blessures, la peau grise, le regard fixe, et le corps raidi qui devient un cadavre. La peur, parfois, et la douleur, quand nous n'arrivons pas à la juguler. Et puis le relâchement et l'abandon.

Nous voyons la mort. Souvent…

Nous sommes les seuls, pratiquement, à la voir encore, puisqu'elle est soigneusement cachée à tout citoyen ordinaire. Je ne parle pas de ces cadavres lointains qu'on nous montre dans les journaux télévisés — les victimes de guerres, d'inondations, de catastrophes naturelles —, ni des divers assassinats et autres expirations mis en scène sur grand écran dans les films en couleurs : quelques instants, un plan fixe, et on passe à la séquence suivante. Non. Je parle de la vraie mort, celle qui sent mauvais et qui râle, qui secoue les corps et déchire les cœurs. Celle qui tord les visages, qui résiste, qui insiste. Qui met des jours à venir ou au contraire qui foudroie en quelques heures.

Celle des gens que l'on connaît, de son voisin, de son ami, de ses parents...

Il a suffi d'une ou deux générations pour que la mort disparaisse de notre vue et de notre vie. Et que, par ricochet, elle devienne la « spécialité », encombrante mais exclusive, des médecins. À part les croque-morts, les soignants sont désormais les seules personnes à être confrontées, directement et de façon très concrète, à la maladie et à la mort. Sans que rien ait jamais été clairement dit, nous nous retrouvons les derniers — et souvent uniques — interlocuteurs des malades, des mourants, et des familles endeuillées. C'est dans les lits de nos services que l'on meurt. Et c'est dans nos couloirs que l'on pleure. Ces moments si privés, partagés par les familles dans l'intimité des maisons pendant des siècles, nous sont dorénavant presque exclusivement réservés…

On voit de moins en moins mourir ses proches. D'abord parce que, la plupart du temps, ils meurent à l'hôpital, et qu'on va bien moins volontiers rendre une visite à l'hôpital qu'au domicile d'une personne malade. Ça se comprend. Pour la majorité des gens, les hôpitaux sont remplis de mauvais souvenirs et de peurs. C'est là qu'on naît et qu'on guérit, bien sûr. Mais c'est là aussi qu'on souffre et qu'on meurt… Et puis, depuis longtemps, les hôpitaux ne sont plus « hospitaliers » avec les visiteurs comme ils l'étaient au Moyen Âge, puisqu'ils sont avant tout conçus pour accueillir des malades, qu'il faut protéger en priorité des agressions extérieures. D'un point de vue purement prophylactique, une visite extérieure ne peut être que néfaste à l'asepsie d'un service médical. Sans compter qu'en plus les enfants font du bruit, courent partout et posent des questions embarrassantes ; les amis se voient très rapidement à court de sujets de conversation ; la famille a du mal à cacher son inquiétude ; et tout ce petit monde dispose d'horaires souvent parfaitement incompatibles avec ceux du service.

En clair, à l'hôpital, malgré tous nos efforts pour accueillir de mieux en mieux familles et amis, le chantier demeure à peine esquissé : nous n'avons toujours pas trouvé comment rendre l'extérieur compatible avec l'intérieur. Un peu comme si la vie était priée de rester dehors…

Mais, de toute façon, on ne va plus rendre visite à une personne malade, même chez elle. On n'aime pas les personnes malades. Elles font peur, on ne sait pas comment les regarder ni de quoi les entretenir. On craint leur contagion, même s'il est médicalement certifié que ni la mort ni la vieillesse ne s'attrapent en allant au chevet d'un mourant… La maladie et la mort sont devenues des choses très taboues, voire indécentes, qu'il n'est pas du tout poli de montrer, et auxquelles il est très gênant d'être confronté.

Alors, on les réserve au cercle le plus restreint possible de la famille proche. On n'en parle pas, on ne prononce pas les mots. On ne dit pas « sida », ni « cancer », ni « agonie », mais

« longue maladie », et « fin de vie ». On les cache aux enfants et aux personnes fragiles. Il y a encore peu de temps, les mourants passaient leurs derniers jours chez eux, sur le canapé du salon ou dans la chambre d'en haut, au milieu de la vie, porte ouverte et volets entrebâillés. Le docteur et l'infirmière venaient les voir régulièrement. Et la maisonnée continuait à vivre autour du moribond.

Ça ne rendait pas la mort plus facile ; elle était même souvent plus douloureuse qu'aujourd'hui, où nous maîtrisons bien les analgésiques. Ça ne la rendait pas non plus moins hideuse ou plus douce. Mais ça la rendait réelle, mesurable, visible. Concrète et incontournable : dans un lit ou dans un fauteuil, quelqu'un était en train de s'éteindre. Et chacun, du plus vieux au plus jeune, pouvait constater et accompagner son départ. On mourait, au lieu de simplement « disparaître », emporté par une ambulance vers une chambre d'hôpital dont le lit devient vide un jour, comme par un mauvais enchantement.

Toutes les circonvolutions et autres contorsions de vocabulaire pour échapper à la réalité n'y changeront jamais rien : les hommes ne « partent » pas, ils meurent...

Les trois quarts des Français déclarent souhaiter mourir chez eux… Mourir chez eux, d'accord, mais dans quelles conditions, et entourés de qui ? La vie a changé. Dans la journée, les maisons sont vides, et les membres d'une même famille vivent souvent à des kilomètres les uns des autres. La médecine a changé, aussi. Elle nécessite souvent des équipements, des gestes techniques que connaissent seulement les professionnels. À l'hôpital, le mourant est lavé, nourri, soigné, surveillé. Mourir chez soi n'est pas si simple. Ça demande du temps, une logistique médicale, une prise en charge sociale et financière, et surtout, surtout, un entourage disponible et prêt à regarder la mort en face…

Les trois quarts des Français disent vouloir mourir chez eux, mais plus de trois personnes sur quatre s'éteignent à l'hôpital, parce que, pour beaucoup de familles, prendre en charge un mourant est matériellement et psychologiquement impossible. En quelques décennies, pendant lesquelles l'intelligence humaine a par ailleurs inventé d'incroyables outils pour repousser les limites de la vie et de la souffrance, la mort est devenue une chose anonyme et inexistante, dont personne ne veut rien savoir, et dont tout le monde se débarrasse avec gêne, dans les mains des médecins des services spécialisés des hôpitaux.

Et la mort n'est pas seulement le moment où l'on rend l'âme. Non seulement on ne sait plus accompagner ses agonisants, mais on ne sait pas très bien quoi faire de ses morts : les enterrer ? les incinérer ? avec une cérémonie ? sans ? à l'église ? ailleurs ?

Enfin, on ne sait plus non plus prendre le temps du deuil... Une mort se pleure, longtemps parfois. Aucun antidépresseur ne peut compenser ce chagrin-là. Mais quand il faut retourner au travail, sourire aux lèvres, et recouvrer son efficacité professionnelle et sociale dès la fin de l'enterrement, chacun se débrouille comme il peut. La mort fait si peur que les endeuillés sont priés d'aller pleurer ailleurs. Pour ne pas avoir à les entretenir du disparu, on ne les invite plus. Par crainte de ne pas trouver les mots, on ne leur parle pas. Et, comme on a déplacé les agonisants des maisons vers les hôpitaux, on déplace l'affliction des oreilles amies vers des écoutants professionnels. On gomme les morts des conversations.

Surtout, faire comme si « tout ça » n'avait pas de réalité...

Le résultat est terrible : en plus d'avoir à affronter un monstrueux chagrin, les veufs et les veuves découvrent la solitude sociale. On demande aux parents de ne surtout pas évoquer leur enfant mort, et de faire comme s'il n'avait jamais existé. Et on confie à des « cellules de soutien psychologique » le soin de prendre en charge la peur, la peine et la détresse morale.

En quelques semaines, une jeune femme journaliste indépendante a perdu toute sa clientèle à la suite du suicide de son mari. Ses clients et « amis » étaient tous désolés pour elle, mais ont préféré ne pas la déranger avec des questions aussi triviales que des commandes et du travail... En plus de faire face à son chagrin, elle a été obligée de changer de filière professionnelle et de taire son deuil pour retrouver un emploi, et nourrir ses deux petites filles.

Un jour, dans le couloir d'un hôpital, un confrère a croisé une jeune femme en larmes. Il s'est approché d'elle, pour lui proposer un calmant. Entre deux sanglots, elle est parvenue à lui répondre :

— Je ne suis pas malade. Mon père vient de

mourir dans la chambre d'à côté. Je n'ai pas besoin d'un calmant, j'ai besoin de pleurer.

C'est à ça que servaient les rites de deuil d'autrefois : à signaler aux autres la mort d'un proche, et à donner à la famille le temps de le pleurer… Aujourd'hui, il faut se taire et sourire pour ne pas perdre, aussi, son travail et ses amis.

C'est une spirale sans fin : moins on veut voir que la mort existe, et plus elle est difficile à supporter. Tous les psychiatres et psychanalystes s'accordent à dire qu'en côtoyant la mort de ses grands-parents, on se prépare à celle de ses parents, et qu'en accompagnant ses parents ou ses proches vers la fin de leur vie, on se prépare soi-même à aborder sa propre mort. Ce qui veut dire que moins nous affrontons la mort, et moins nous savons l'affronter. Plus elle nous est cachée, moins elle devient supportable.

De ce côté-ci de la planète, où survivre n'est plus un combat, nous nous sommes attaqués à la longévité. Comme si vivre de plus en plus vieux pouvait nous dispenser de faire face à cette insupportable réalité : nous sommes toujours mortels ! Les spécialistes parlent maintenant de quatrième, voire de cinquième âge ! Nous dépensons une énergie folle, au point parfois d'en être indécente ou ridicule, à repousser nos limites. Finis les cheveux blancs, les seins qui tombent, la calvitie, la ménopause, les rides, la fatigue et les poches sous les yeux. Nous sommes sommés, tous, de « faire » au moins dix ans de moins que notre âge. Viagra, Botox, lifting, silicone, hormones en tout genre sont là pour réparer l'usure d'une vie… Et, pour les plus fervents d'immortalité, on a même inventé la cryogénisation : un cadavre conservé dans un congélateur, jusqu'à ce qu'on découvre enfin comment le réveiller ! Chaque année, le marché est inondé de nouvelles techniques miracles destinées à nous faire croire qu'on va réussir à repousser l'échéance fatale de cinq ans, de dix ans, de vingt ans ! D'octogénaires, nous deviendrons bientôt centenaires. Et après ? Repousser la mort, oui, mais jusqu'à quand ?

Il faut pourtant se rendre à l'évidence : elle est inéluctable…

Il a fallu un long moment pour que les « autorités » se réveillent, et prennent les choses en main, puisque les individus ne savaient plus le faire. En 1999, Bernard Kouchner a défendu une loi qui, enfin, définit clairement la nécessité d'organiser les soins palliatifs, à l'hôpital et à domicile. Ces soins sont destinés aux personnes, de plus en plus nombreuses — puisque nous vivons de plus en plus longtemps —, que la vieillesse, la maladie ou les suites d'un accident condamnent irrémédiablement, à plus ou moins court terme, sans espoir de guérison. Concrètement, la loi prévoit que des professionnels de santé apprennent à accompagner, parfois pendant de longs mois, ces malades « en fin de vie » et leurs familles…

Grâce à cette loi, le traitement de la douleur est devenu une spécialité médicale, enseignée à part entière à la Faculté. Finis les « c'est normal que vous ayez mal, vous venez d'être opéré », ou les refus de prescrire des dérivés de morphine sous prétexte qu'ils pourraient créer une dépendance. On a admis, enfin, qu'il valait mieux une fin de vie dépendante mais soulagée par des antalgiques, même puissants, plutôt qu'une agonie terrifiante et douloureuse. On a appris à écouter la souffrance du patient, à en tenir compte non seulement comme un facteur de guérison ou d'amélioration, mais surtout comme une véritable pathologie, à prendre en charge à part entière. Et l'accompagnement des mourants n'est plus désormais un sujet oublié, réservé aux aumôniers et à quelques obscurs bénévoles qu'on prend bien soin de croiser le moins possible et de ne jamais consulter.

Il va falloir du temps pour que cette loi prenne tous ses effets. Et de nombreux moyens pour créer des services, internes ou externes, de soins palliatifs. Il va falloir former du personnel, transformer des habitudes, et changer les esprits. Apprendre à parler de la mort non pas comme un échec, mais comme une réalité à laquelle on peut trouver quelques améliorations. Dès l'instant qu'on ne nie plus son existence, on peut enfin commencer à s'en occuper raisonnablement !

Même s'il lui faut encore quelques années pour transformer en profondeur les idées et les faits ; même si elle est présentée, par les opposants à l'euthanasie, comme une alternative exclusive qui ne souffre aucun débat ; même si elle laisse sans solution les vingt pour cent de malades dont la douleur résiste à tout traitement ; même si elle refuse de prendre en compte tous les malades qui sont en souffrance mais pas en fin de vie, cette loi a le mérite d'exister.

Elle est, pour l'instant, le seul embryon de réponse moderne qu'on ait trouvé à la mort qui fait peur, anonyme et solitaire, au fond d'un lit d'hôpital…

Mais les soins palliatifs, si bien organisés soient-ils, n'empêcheront jamais les malades de mourir aussi dans d'autres services, et les soignants d'être confrontés régulièrement à cette question cruciale. Et aujourd'hui, il n'est toujours pas question dans les facultés de médecine, ni, d'ailleurs, dans les écoles d'infirmières, de « formation à la mort ». Aucun de nous n'a reçu, au cours de ses études, la moindre initiation à la manière dont on peut ou dont on doit aborder la mort, l'annoncer, y préparer le mourant et ses proches…

Le premier — et unique — contact avec la mort que la Faculté propose aux futurs médecins est souvent cru et violent. Les séances d'autopsie des cours d'anatomie sont presque considérées comme un bizutage, une sorte de rite de passage dont on préfère rire pour mieux l'évacuer. Les salles de garde résonnent de blagues salaces et déplacées autour de ce moment éprouvant qui nous confronte à la mort, nue. Parce que c'est plus facile, et beaucoup moins dérangeant, la médecine préfère traiter le corps en oubliant l'âme. Un cadavre est bien moins gênant si on le regarde comme un organisme sans vie, plutôt que comme un être humain mort... J'ai découvert, à mes dépens, que la médecine légale préfère aussi, la plupart du temps, se satisfaire de ce genre de raccourci...

Enseignera-t-on un jour, à la Faculté, en quoi consiste un être humain, dans son entier ? Est-il possible de sensibiliser à ces subtilités de futurs médecins dont on encombre déjà le cerveau de milliers de données techniques ? Comment former les soignants, même ceux qui ne se destinent pas aux spécialités les plus « exposées », à apprivoiser leur peur de la mort pour mieux pouvoir la comprendre et la respecter chez leurs patients et leurs familles ?

J'ai appris tout ça sur le tas, année après année, patient après patient. J'ai appris à parler aux familles en parlant aux familles — que celles que j'ai croisées lors de mes premières années de pratique me pardonnent mes maladresses et, parfois, ma désinvolture. J'ai appris à côtoyer la mort en affrontant celle de mon père, à contrôler mes émotions en voyant mourir des enfants et des jeunes gens foudroyés en plein vol, à renoncer à m'acharner en m'acharnant parfois un peu trop. Mais je crois qu'il est vraiment urgent de faire entrer dans nos formations des psychologues, psychiatres, psychanalystes et philosophes. Et d'ajouter, à la somme de connaissances déjà phénoménale qu'un futur médecin doit assimiler, quelques questions existentielles et une bonne dose d'humanité.

Non pas comme un détail facultatif, mais comme une partie essentielle et incontournable de ce qui fait notre métier…

9

Vincent

La plupart des patients qui nous parviennent ne sont pas en état de parler. C'est par leur famille, et leur dossier, que nous faisons connaissance avec eux. Durant la première demi-journée où il est arrivé dans le service, j'ai rencontré le père, la mère, le frère et la tante de Vincent. Il me restait à plonger dans son dossier, transmis par le service de rééducation où il vivait depuis presque trois ans. Pour savoir.

Ça m'a pris un après-midi. Une grosse chemise cartonnée d'au moins cinquante centimètres d'épaisseur, débordant de documents divers qui doivent bien peser, en tout, leurs trois kilos. J'y ai trouvé, d'abord, tout l'historique médical du « cas Humbert », à commencer par les archives et comptes rendus de son entrée dans notre service, le 28 octobre 2000. Je ne m'en souvenais que très vaguement, mais Vincent a atterri chez nous quand il est arrivé à Berck... Il nous était envoyé par le CHU de Rouen. Un coup d'œil à toutes ces données techniques et confidentielles m'a suffi pour reconstituer mentalement les différentes phases de son réveil, et comment nous avions tout tenté pour le tirer de l'issue fatale vers laquelle il glissait depuis que sa voiture s'était encastrée sous un camion, sur une petite route de campagne, à la nuit tombée, un soir d'automne.

Un courrier, signé de ma main et daté de fin novembre 2000, confie Vincent Humbert, hors de danger, au service du docteur Rigaux.

Suivent, implacables, les comptes rendus de rééducation, mois après mois. Hors de danger, peut-être, mais rendu tétraplégique, définitivement, à cause de graves et irréversibles lésions cérébrales. C'est-à-dire incapable de bouger, de la tête aux pieds. Et aussi incapable de déglutir normalement, donc de se nourrir et de recouvrer la parole. Incapable de percevoir plus que des ombres, malgré les efforts du docteur Carouge, le médecin ophtalmologiste. Incapable de communiquer, de quelque manière que ce soit. Un jeune homme de vingt ans à peine, enfermé à jamais dans une carcasse blindée…

J'en ai vu passer, depuis des années, des pères de famille fracassés par un accident du travail, des enfants brisés par la folie d'un chauffard, des mères à jamais pétrifiées par un accident vasculaire, des ados à peine grandis, brisés d'avoir roulé trop vite avec leur première voiture, des sportifs mal rescapés d'une plongée qui tourne mal, et tous ces gens fauchés par le hasard, victimes d'avoir été au mauvais endroit au mauvais moment. J'en ai vu défiler, et s'arrêter, des vies. Mais je ne m'habitue pas. Chaque fois, la même rage me prend ; le désir fou d'inverser la vapeur, et la hargne de ne pas toujours savoir comment y arriver…

Dans le dossier de Vincent, j'ai découvert, aussi, en filigrane, l'histoire de sa mère, Marie. Qui quitte son poste d'employée de banque et son appartement à Verneuil, dans l'Eure, où elle vivait seule avec son fils depuis son divorce ; qui loue un studio en face du Centre Hélio-Marin pour être là, au plus près, et passer tous les après-midi, sans exception, avec son petit ; qui fait des ménages et des extras dans les restaurants de Berck pour gagner sa vie, hors des heures de visite autorisées par le Centre.

En juin 2001, après neuf mois de coma profond, Vincent a souri. Comme les parents d'un nouveau-né, sa mère paraît être la seule à vouloir croire qu'il s'agit d'un sourire volontaire, et non pas d'un mouvement réflexe.

Quelques semaines plus tard, pourtant, une note laconique décrit ce qui, pour Vincent et ses proches, va être une vraie révolution : contre toute attente, et après des mois d'immobilité totale, il semble pouvoir bouger un doigt. Le pouce de la main droite. Les documents qui suivent témoignent de l'obstination de sa mère, qui élabore avec son fils un moyen de communiquer enfin : elle récite l'alphabet, et, d'un signe du doigt, il l'arrête quand elle prononce la lettre dont il a besoin.

Il a fallu encore des mois d'acharnement pour que Marie Humbert réussisse, grâce à ce pouce valide, à sortir son fils du silence... Le 3 mai 2002, mon confrère note que Vincent s'est adressé à lui par le truchement d'une dictée, et qu'il est visiblement en possession de toutes ses facultés intellectuelles. Il précise qu'à son avis le patient est parvenu à son seuil maximal de récupération, que la rééducation est donc terminée et qu'il est temps d'envisager un transfert vers un établissement spécialisé, même si Vincent et sa mère semblent s'y opposer.

On imagine le désarroi de ces deux-là, à l'annonce de la nouvelle : un service de rééducation, c'était encore un espoir d'amélioration. Pour eux, quitter l'équipe du docteur Rigaux revenait à admettre que plus rien ne pouvait progresser, et qu'il faudrait se résigner à rester dans cet état. À jamais.

Vincent ne s'est pas résigné. Dès qu'il a pu s'exprimer, il s'est mis à dicter ce qu'il avait à dire. Et c'était d'une implacable limpidité : il refusait absolument de passer les quarante ou cinquante années qui lui restaient à vivre dans cet état, enfermé dans son corps comme dans une prison, torturé par des douleurs incessantes, et incapable de bouger autre chose qu'un doigt.

La suite de l'histoire m'a été racontée par les uns et les autres, dans les couloirs du Centre où Vincent et Marie sont connus pour leur détermination sans faille. Vincent a demandé à sa mère de l'aider à mourir. Devant son refus, il a dicté à l'animatrice qui lui rendait visite plusieurs fois par semaine une lettre destinée à sa tante, horrifiée. Comme elle refusait de l'aider, il s'est adressé directement au président de la République. Il a reçu en retour une réponse type, visiblement rédigée par un conseiller, qui l'a mis hors de lui ; il a réécrit une deuxième lettre dans laquelle il disait sa colère. Un journaliste du coin a eu la bonne idée de raconter l'histoire et de publier la missive.

Cette fois-ci, c'est Jacques Chirac qui a répondu. En personne, paraît-il. Pour dire qu'il n'avait aucun pouvoir de prendre une telle décision, mais qu'il était de tout cœur avec Vincent et sa maman. À partir de là, les rumeurs vont bon train : il paraît que Marie Humbert a été reçue à l'Élysée, en personne. Que le président a communiqué avec Vincent à plusieurs reprises, et que Bernadette Chirac a profité de son passage au Touquet, lors du sommet franco-britannique, pour venir lui rendre visite.

Il paraît aussi que Marie, finalement convaincue par son fils, a commencé à ameuter la presse, et à se renseigner pour savoir comment l'emmener en Belgique ou en Suisse, où la loi prévoit une procédure d'euthanasie ou de suicide assisté, dans certains cas très précis... Et il paraît même que c'est par l'intermédiaire d'une de ces associations qu'elle s'est finalement procuré les barbituriques nécessaires à son geste.

Il paraît, il paraît. Le dossier, lui, ne fait état ni des rumeurs ni des interventions présidentielles. Mais j'y ai trouvé, quand même, deux rapports psychiatriques envoyés de l'hôpital Sainte-Anne, à Paris. Il a bien fallu que quelqu'un intervienne pour mandater à Berck-sur-Mer deux experts de la capitale chargés de se pencher sur le cas de Vincent Humbert ! Mes confrères parisiens ont confirmé que le patient était en pleine possession de ses moyens, qu'il avait récupéré la totalité de ses fonctions intellectuelles, et que sa demande d'en finir était clairement formulée. Ils précisaient que Vincent avait refusé catégoriquement toute proposition d'aide, qu'elle soit psychologique ou médicamenteuse, sous forme d'antidépresseurs, par exemple. Et qu'il était simplement, mais fermement, décidé à mourir...

Avant de poursuivre ma lecture, j'ai fait un tour sur Internet pour chercher l'article de ce fameux journaliste à propos de la lettre adressée à Chirac. Tout ce que j'ai découvert a confirmé ce que je venais d'apprendre : depuis qu'il pouvait communiquer, Vincent réclamait le droit de mourir, épaulé par sa mère, qu'il avait fini par rallier à sa cause, et soutenu par sa famille tout entière. Je suis même tombé sur un résumé détaillé de l'émission de TF1, « Sept à huit », diffusée quatre jours plus tôt, au cours de laquelle Marie donne une interview où elle annonce clairement et calmement que, puisque personne en France ne veut l'aider, elle se chargera elle-même d'accéder à la demande de son fils…

Plus aucun doute n'est permis : Vincent voulait vraiment mourir. Au point de réussir à en convaincre la totalité de ses proches. Marie n'avait fait qu'exécuter sa volonté à lui. Et si nous ne l'avions pas réanimé, aucun membre de sa famille ne nous l'aurait reproché. Encore fallait-il que nous le sachions au moment d'intervenir.

Le docteur Rigaux avait pris soin de noter, point par point, les événements des dernières quarante-huit heures. Le mardi après-midi, il était inquiet. Il a prévenu la direction qu'il risquait de se passer quelque chose. On l'a invité à contacter au plus vite l'autorité sanitaire, en l'occurrence le médecin de tutelle de la DDASS, qui lui a répondu qu'il devait avertir immédiatement le procureur de la République. Il s'est exécuté. Le procureur lui a expliqué que Marie Humbert était le tuteur légal de Vincent et que, pour lui interdire l'accès de la chambre de son fils, il fallait engager une mesure de changement de tutelle. C'est une décision de justice qui ne peut être prise d'un claquement de doigts. Néanmoins, il a informé le docteur Rigaux qu'il mettait la procédure en route le jour même.

Mercredi matin, jour anniversaire de l'accident de Vincent, mon confrère se faisait toujours autant de souci. Il a rappelé le procureur pour lui demander quoi faire si Marie passait à l'acte. J'ai eu du mal à déchiffrer l'écriture du docteur Rigaux, et il m'a fallu quelques instants pour réaliser que j'avais bien compris la réponse du procureur. Elle était pourtant écrite en toutes lettres, soigneusement consignée par le docteur Rigaux. À 10 heures du matin, le mercredi 26 septembre 2003, M. le procureur de la République a réglé le problème en une phrase lapidaire :

En cas de décès, ne signez pas le permis d'inhumer, j'instruirai pour meurtre.

Donc, pour résumer, tout le monde savait et personne n'a rien fait pour empêcher quoi que ce soit. Depuis des mois et des mois, Marie Humbert hurlait dans le désert. Et quand elle a dit : « Je vais le faire », personne n'a bougé. La seule proposition des autorités a été de la laisser se débrouiller, et de l'arrêter tout de suite après… Finalement, l'unique personne qui ait fait preuve de courage, depuis le début, c'est elle. Tous les autres se sont esquivés. Et quand elle est enfin passée à l'acte, comme prévu, on ne l'a même pas laissée faire ; on m'a gentiment passé le dossier…

Je voulais savoir ? Maintenant, je savais. Sans oser encore me l'avouer, j'ai bien senti que la totalité des arguments que j'avais énumérés toute la journée pour justifier la réanimation de Vincent ne tiendrait pas la route pour légitimer son maintien sous respirateur. Éclairés par les éléments du dossier que je venais d'éplucher, tous volaient en éclats.

Tous, à part un, et de taille : la loi. En France, aucun médecin n'a le droit d'accéder à la demande de quelqu'un qui veut mourir. Même si c'est Vincent Humbert, et qu'un dossier de trois kilos atteste que c'est son unique volonté depuis qu'il a été réanimé *in extremis* d'un accident de la route où, vraisemblablement, il aurait laissé la vie dix ans plus tôt, parce que nous n'aurions pas su le sauver.

10

Qui doit décider ?

C'est en rentrant chez moi, après cette journée folle, que j'ai vraiment réalisé dans quelle impasse on m'avait enfermé. L'« affaire Humbert » faisait la une des journaux de 20 heures. Assis au fond du canapé du salon avec Marie-Christine et Thomas, nous avons vu défiler les mêmes images sur la totalité des chaînes : le Centre sous tous les angles ; la chambre de Vincent et son rideau qui bouge ; moi dans ma blouse blanche qui bafouille un bulletin de santé ; Laurent Humbert et son père, sur le parking ou dans les rues de Berck, suppliant avec rage qu'on laisse Vincent partir en paix ; des images d'archives de Marie, figure exemplaire de la mère courage…

Déjà, les politiques se sont emparés de la question. Certains réclament une loi, d'autres surtout pas, et le garde des Sceaux déclare qu'il faut traiter cette affaire « avec la plus grande humanité ». Beau concept, mais, concrètement, qu'est-ce que ça veut dire ? Qui doit faire quoi ?

De chaîne en chaîne, de reportage en reportage, toujours le même commentaire : pourquoi infliger un pareil calvaire à une famille ? Pourquoi obliger une mère à commettre un acte aussi terrible ? Pourquoi s'acharner à sauver quelqu'un qui met tant d'énergie à clamer qu'il veut mourir ? Et maintenant, quel avenir pour Vincent ? Où s'arrête le pouvoir du médecin ? Qui doit décider ?

Qui doit décider ?

Sur cette question, l'opinion de Marie-Christine est claire et nette : ce n'est pas moi. Elle me connaît mieux que quiconque. Elle a senti, peut-être même avant moi, quelle petite mécanique s'est enclenchée dans mon esprit. Et, avant que j'aie émis le moindre début de la plus petite hypothèse, elle passe à l'attaque et martèle avec l'obstination dont elle seule est capable qu'il-n'en-est-pas-question.

— Tu as une femme et cinq enfants. Ce n'est pas parce que personne n'a eu le courage de prendre ses responsabilités que tu dois faire le sale boulot.

— Je n'ai rien dit.

— Mais je t'entends penser d'ici et je ne suis pas d'accord. Tu entends, Fred ? Je ne suis pas d'accord. On t'a repassé le dossier, transmet-le à ton tour.

— À qui ? À Marie Humbert ? Elle est en garde à vue…

— Ça ne te regarde pas. Pour une fois, pense à nous.

— Hier, tu disais qu'il ne fallait pas le réanimer.

— Il y a une énorme différence entre ne pas réanimer et débrancher un respirateur. Surtout quand toutes les télés t'attendent sur le parking, et le procureur dans son bureau… Tu le sais très bien et tu ne peux pas nous faire ça.

Thomas, lui, ne dit rien. Du haut de ses treize ans, il écoute, en silence, avant de monter dans sa chambre. À la fin du journal, le téléphone commence à sonner. Les enfants, d'abord, qui se manifestent l'un après l'autre pour avoir des nouvelles, savoir comment ça va et être rassurés. Je les sens osciller entre excitation et inquiétude. Je prends une voix tranquille et paternelle pour les apaiser :

— Ne vous inquiétez pas, tout va bien. Merci d'avoir appelé. On se retrouve demain, puisque c'est vendredi...

Et puis les amis ; ma mère et ma belle-mère, ravies et affolées de me voir à la télé. Je sens Marie-Christine guetter le moindre mot, tourner en rond comme un fauve en cage, enrager en silence... Je sais que l'intermède téléphonique, qui dure toute la soirée, ne fait que reculer le moment fatidique où elle va passer à l'attaque. Nous allons avoir une sérieuse discussion, et il y a fort peu de chances que nous tombions d'accord...

Ça a été terrible. En quinze ans de mariage, j'avais rarement vu Marie-Christine dans un tel état d'angoisse. Elle martelait qu'elle avait une mauvaise intuition. Je veux bien, moi, mais je suis un médecin, scientifique et rationnel. Une intuition, même de la femme que j'aime, ce n'est pas un argument suffisant. Elle a dit qu'une fois de plus j'allais porter le chapeau pour tous ceux qui n'ont pas eu le courage. Et alors ? C'est leur problème à eux, de ne pas avoir eu le courage. Moi, j'avais dans la tête le regard de Marie Humbert. Son désarroi. Sa souffrance. Et celle de Vincent. S'il se réveillait, sa mère ne serait plus à ses côtés — après ce qu'elle avait fait, on allait forcément lui retirer la tutelle de son fils et le droit de rester seule avec lui. À quoi allait ressembler sa vie ? Leur vie ?

Marie-Christine m'a renvoyé la même question : si je faisais quoi que ce soit d'illégal, à quoi ressemblerait la nôtre ? Je savais qu'elle avait raison. Mais ça n'était pas une raison suffisante pour que j'abandonne Vincent et sa mère.

Comme elle sentait bien qu'elle ne parvenait pas à me convaincre, elle m'a rappelé toutes les autres occasions où je me suis entêté à faire comme je voulais, et ce que ça nous a coûté en temps, en soucis. Jusqu'à cette journée humiliante de l'été dernier, où je me suis retrouvé coincé au volant d'un énorme camping-car dans les rues minuscules d'un village breton, faute d'avoir pris le temps d'évaluer correctement la situation…

Elle avait encore raison. Mais j'étais le médecin de Vincent Humbert. Et je devais décider ce qui était le mieux pour lui, pas pour moi ou pour ma famille.

Marie-Christine jouait son rôle de femme et de mère : de toute son incroyable énergie, elle protégeait sa couvée. Mais je savais qu'elle finirait par accepter de se mettre, juste un instant, à la place de Marie Humbert, elle aussi femme et mère. Je savais qu'elle finirait par comprendre, même si ce n'était pas tout de suite. Et je savais aussi qu'elle me préférerait courageux plutôt que lâche. C'était seulement une question de temps.

En attendant, elle pleurait. Et je ne pouvais rien lui proposer qui puisse la consoler. Pour la première fois de notre vie commune, nous nous sommes endormis fâchés…

J'ai pensé à mon père. Longtemps.

Au petit matin, les choses étaient claires. Je savais que quelqu'un devait décider de faire quelque chose pour Vincent. Et je savais que ce serait moi, et personne d'autre.

11

Ce que j'ai à faire

Un jour, il y a une quinzaine d'années, je travaillais comme anesthésiste dans une clinique du Touquet. J'étais assis avec un confrère sur le perron de l'entrée. Nous venions d'achever une intervention et nous fumions une cigarette en discutant tranquillement de ce qui préoccupe tout médecin normalement constitué : les capacités comparées des dernières grosses cylindrées arrivées sur le marché, les premiers pas de notre petit dernier, ou bien la composition des équipes du prochain tournoi de tennis du club auquel nous appartenions — j'étais très tennis, à ce moment-là, c'était avant que je découvre les délices du golf…

Dans un grand bruit de moteur et de crissements de pneus, une voiture a surgi de nulle part et s'est arrêtée juste sous notre nez. Un homme, assez jeune, en est sorti en hurlant.

— Sauvez-le ! C'est mon neveu, il est tombé de vélo. Il ne respire plus, il ne respire plus…

Sur le siège arrière de la voiture gisait un enfant maculé de sang. Mon confrère et moi avons tout de suite compris, au râle qui sortait de sa bouche et à la couleur bleutée de ses lèvres, qu'il était en train de mourir asphyxié. Dans la chute, la trachée du petit avait dû heurter violemment quelque chose de dur, qui l'avait enfoncée : l'air ne parvenait plus à passer pour alimenter les poumons…

En quelques secondes, nous avons embarqué l'enfant jusqu'à la première salle de soins et nous l'avons intubé. Il a repris sa respiration, et sa peau n'a pas tardé à rosir. Il était sauvé.

Il y a plusieurs mois, j'ai été convoqué à l'inspection des impôts pour une question de pension alimentaire mal déclarée. Contre toute attente, l'inspecteur m'a reçu à bras ouverts : il m'a remémoré comment j'avais sauvé son fils tombé de vélo, vingt ans plus tôt…

Voilà, c'est la belle vie d'un médecin : savoir exactement quoi faire pour inverser le destin. Connaître le geste, avoir le temps de l'exécuter, être là au bon moment, et rattraper la vie juste avant qu'elle s'en aille bêtement. Si l'oncle de l'enfant n'avait pas été là ; s'il n'avait pas su qu'une clinique se trouvait à deux pas ; si le passage à niveau de la route qui y mène n'avait pas été ouvert ; s'ils avaient mis trois minutes de plus pour l'atteindre ; si nous avions été encore en pleine intervention au lieu de fumer une cigarette sur le perron, le petit garçon serait mort, parce que personne n'aurait disposé, ni su se servir, du malheureux tube de plastique nécessaire pour lui sauver la vie.

J'adore mon métier quand il est simple comme ça. C'est rarement le cas.

Vendredi 26 septembre 2003 au matin, je suis arrivé tôt au travail. J'avais dans la tête le visage inquiet et malheureux de ma femme, avec qui je ne m'étais pas réconcilié au petit déjeuner.

— Ne fais pas ça…

— Je ne décide rien tout seul. On va faire une réunion de service et on va en discuter.

— Je suis sûre que ta décision est prise, et que tu finiras par les convaincre.

— Je le dois à Vincent, à Marie.

— Et à nous, tu dois quoi ?

Ça n'était pas le moment de nous relancer dans le débat. Je l'ai embrassée et je suis parti, comme tous les matins. Sur le trajet d'une vingtaine de kilomètres qui sépare la maison du Centre, j'ai mis la radio. On y parlait de Vincent, en boucle. J'ai écouté sans écouter. Je pensais à mon père. À sa fierté, le jour où j'ai soutenu ma thèse et prononcé le serment d'Hippocrate. À l'homme que je suis devenu, depuis. À la manière, aussi, dont sa mort m'a transformé, puisqu'il m'a fallu prendre cette décision d'arrêter les traitements, en tant que fils mais également en tant que médecin.

Je sais ce que j'ai à faire, même si ça fait peur à Marie-Christine. Je l'aime infiniment, mais je dois faire mon travail. Du mieux que je peux.

Devant le Centre, depuis la veille, c'était la foire aux médias. Ils savaient que je ne dirais rien, mais ils ont essayé quand même. J'ai avancé à travers la foule sans lâcher un mot.

À l'étage, j'ai retrouvé le docteur Élisabeth Agasse, en train de finir sa garde de nuit. Pierre Mielcareck est arrivé peu après moi pour prendre son service de jour et nous a rejoints pour la transmission, comme d'habitude. Lit après lit, chambre après chambre... Quand le tour de Vincent est venu, Élisabeth a dressé un rapide bilan : état stationnaire, aucune complication, rien de nouveau depuis la veille.

À la fin de la visite, Françoise est venue me voir : le directeur de la communication du groupe Hopale, auquel appartient le Centre Hélio-Marin, voulait me parler, d'urgence. Je l'ai appelé ; il m'a expliqué qu'il était harcelé par la presse, et qu'on ne couperait pas à la publication d'un nouveau bulletin de santé, au minimum.

— Je convoque une réunion dans le service pour faire le point, et je monte vous voir.

— Avant midi ?

— Oui, oui. Ce matin.

— Très bien.

Quelques instants plus tard, Pierre et Élisabeth, les médecins du service, me rejoignaient dans mon bureau. Christelle, l'infirmière référente, arrivait à son tour, puisque la surveillante responsable était absente pour la journée. J'avais aussi prié le docteur Rigaux de descendre ; à mes yeux, il était toujours le médecin traitant de Vincent, c'est lui qui connaissait le mieux son histoire.

Élisabeth a refait, devant nous tous, le bilan de l'état du patient. Elle a ajouté que, quelques instants plus tôt, elle avait arrêté le respirateur un court moment pour tester sa réaction : Vincent ne respirait pas spontanément.

Aucun d'entre eux n'a eu l'air surpris que je suggère qu'on limite les thérapeutiques actives. Chaque personne de la pièce comprenait parfaitement ce jargon professionnel : la seule thérapeutique active dont bénéficiait Vincent, c'était l'assistance respiratoire. Et Élisabeth venait de nous dire que sans cette aide, il n'y parvenait pas... Chacun a donné son accord pour l'arrêt du respirateur. Dans la foulée, j'ai évoqué la possibilité d'accompagner mon geste d'une neurosédation. Personne n'a réagi ; de la même façon que ne s'est pas posée la question de savoir qui allait débrancher la machine — je suis chef de ce service, j'ai pris cette responsabilité, comme je l'ai toujours fait. Tous savaient que pour moi, il n'a jamais été question de laisser un patient se battre pendant de longues minutes contre l'étouffement jusqu'à ce que mort s'ensuive. Aider les hommes à mourir dignement, lorsqu'on ne peut plus les aider à vivre, fait partie du métier de réanimateur.

Je me suis dirigé vers la chambre de Vincent, suivi de près par Christelle. Quand Pierre puis Élisabeth nous ont retrouvés un peu plus tard, Vincent était mort. Je leur ai expliqué, en quelques mots, comment les choses s'étaient déroulées. Personne n'a fait aucun commentaire.

J'ai rejoint le directeur dans mon bureau. Immédiatement, il a appelé la sous-préfète, pour qu'elle puisse prévenir la mère de Vincent, toujours en garde à vue.

Il me restait à affronter les médias, que la nouvelle allait sans doute déchaîner. En pénétrant dans la salle où le responsable de la communication avait regroupé les journalistes, j'ai senti leur impatience et leur excitation.

Dans le même climat d'hystérie que la veille, je me suis planté devant les micros et j'ai sorti de ma poche le communiqué tapé une heure plus tôt.

Vincent Humbert est décédé ce matin. Compte tenu du tableau clinique de l'évolution et des souhaits qu'avait exprimés à différentes reprises Vincent, nous avons décidé de limiter les thérapeutiques actives. L'équipe médicale qui l'a accompagné pendant trois ans a pris cette décision collective et difficile en toute indépendance. Je vous remercie.

J'ai bafouillé un peu ; j'ai eu du mal à terminer. L'émotion m'asséchait la langue et me nouait la gorge. Pas à eux. Je me suis retiré sous un raz-de-marée de questions, sans ajouter un mot.

Quand je suis retourné dans le service, les regards des membres de l'équipe, si furieux hier qu'on ait réanimé Vincent, semblaient rassérénés, tranquilles et solidaires. Ça m'a fait du bien. Fidèle à sa discrétion habituelle, Françoise m'a adressé un sourire plein de tact et d'encouragement.

J'ai appelé Marie-Christine.

— Voilà, c'est fait. Vincent est mort.

— Oh ! non, Fred…

À l'autre bout du fil, elle sanglotait.

À peine le téléphone raccroché, Françoise m'a passé un appel du commissariat de Berck :

— Bonjour, docteur. Je voudrais savoir si Mme Humbert peut venir se recueillir sur la dépouille de son fils.

— Évidemment, quand vous voulez.

— Très bien. Elle arrive. Je dois vous informer qu'après sa visite le corps sera transféré à l'institut médico-légal de Lille pour y subir une autopsie.

Je n'avais pas besoin d'attendre Marie Humbert. Ni d'assister à tout ce qui allait suivre. J'avais fait mon travail. Vincent était enfin là où il souhaitait être, et je pouvais passer la main. Tout d'un coup, je me suis senti épuisé. Dans ma tête se mélangeaient les larmes de Marie Humbert et les sanglots de ma Marie à moi. Des femmes qui pleurent. Des mères qui pleurent.

J'ai eu envie d'être seul. J'ai filé, le temps de reprendre mon souffle.

12

J'assume

— Ce n'est pas Mme Humbert qui a aidé son fils à mourir, c'est moi.

Quand Marie-Christine m'a entendu prononcer ces mots, secoué par le vent sur le parking du Centre Hélio-Marin, devant les caméras de France 3, elle s'est levée du canapé et s'est tournée vers moi, folle d'angoisse.

— Fred, tu te rends compte de ce que tu fais en disant ça ?

Ils étaient tous arrivés avant moi, quand je suis rentré à la maison : Claire, la fille de Marie-Christine, étudiante en première année de médecine ; Jean-Éric, son frère, étudiant en communication ; Mathilde, ma fille, qui prépare les concours d'entrée aux écoles de commerce, et Thomas, leur petit frère ; il ne manquait que Fabien, mon fils aîné, qui vit chez sa mère. On s'est embrassés et on s'est installés dans le salon, pour regarder les informations. Machinalement, j'ai allumé une cigarette, la première depuis huit mois. Marie-Christine, qui s'est désintoxiquée en même temps que moi, en a allumé une à son tour ; tant pis pour nos poumons. On s'arrêtera une autre fois. Plus tard.

D'abord, il y a eu Bernard Kouchner :

— Permettez-moi, en mon nom personnel, de remercier les médecins de Berck, de dire qu'ils ont agi, selon mon point de vue, avec dignité, avec humanité, et que ce sont à mes yeux de grands médecins…

J'ai guetté les réactions de la famille, du coin de l'œil : un point à mon actif. Tout le monde semblait fier, et moi j'étais heureux d'entendre un homme comme Kouchner se ranger de mon côté. Et puis le reportage a enchaîné sur moi, attrapé au vol l'après-midi même devant l'entrée du Centre.

Une fois de plus, Marie-Christine s'est mise à pleurer. Les enfants nous regardaient, sans vraiment comprendre. Je me suis levé à mon tour, pour lui répondre, et pour leur expliquer.

— Oui, voilà. Je suis désolé, mais je n'ai pas pensé à vous. J'ai pensé à Vincent et, accessoirement, j'ai pensé à sa mère. Parce que, maintenant que je connais tout le dossier, je peux vous le raconter : c'est une honte, du début à la fin.

Tout le monde s'est tu. À part Jean-Éric, pour qui rien n'est jamais grave :

— T'en fais pas, maman. Y a vraiment pas de quoi s'affoler. C'est toujours comme ça avec les médias : ils font monter la mayonnaise, et puis elle retombe et ils passent à autre chose. Dans deux jours, on n'en parlera plus…

Le regard noir que lui a lancé sa mère a dit mieux que n'importe quelle réponse qu'elle n'était pas du tout convaincue… Je suis reparti à l'assaut. Pour eux, j'ai repris l'histoire, depuis le début : la souffrance de Vincent, la détresse de Marie… Et puis notre décision, et ce qui s'est passé dans la chambre de Vincent, quelques heures plus tôt.

Forte de ses trois premières semaines d'études de médecine, Claire s'est interrogée :

— Évidemment, le chlorure de potassium, c'est pas ce qu'il y a de plus recommandé… On a le droit d'injecter cela ?

— Je n'avais pas cinquante solutions, tu sais… Les barbituriques n'avaient pas marché.

Dans ce cas-là, tu ne te demandes pas ce qui est recommandé ou pas. Tu penses à ton malade, et à la meilleure manière de le soulager au plus vite, même si…

— D'accord, mais le chlorure de potassium n'est pas recommandé.

— C'est vrai, et je le savais. Je connais comme tous mes collègues réanimateurs le protocole de limitation des thérapeutiques actives : le chlorure de potassium est interdit.

— Et alors ?

— Je considère que le produit injecté n'a que peu d'importance. C'est vrai que pour être totalement conforme j'aurais pu choisir un autre produit ou une autre association, une seringue électrique.

— Donc…

— Le chlorure de potassium arrête le cœur, la neurosédation recommandée inhibe les centres respiratoires, les poumons s'arrêtent de fonctionner. L'hypoxie provoque un arrêt du cœur. L'important, c'était la décision d'arrêter la réanimation, les conditions d'application importaient moins dans le cas de Vincent.

Mathilde n'a pas attendu la fin de ma réponse.

— De toute façon, il n'avait pas d'autre

choix. Tu as bien fait, papa. Je suis sûre que tu as bien fait.

Thomas, lui, s'est tu, encore. J'ai bien vu, pourtant, qu'il ne perdait pas un mot de la conversation. Il était inquiet, sans doute, mais n'en laissait rien paraître.

J'aime ces enfants. Tous, et plus que tout. Évidemment, j'aurais préféré ne pas leur infliger cette épreuve, les protéger du brouhaha, les dispenser de l'inquiétude et des angoisses. Et je ne regrette rien.

— On ne peut pas toujours tout accepter, indéfiniment. Il faut bien que, de temps en temps, quelqu'un se lève pour résister. Voilà, je me suis levé. Parce que je pense que je devais le faire, même si je dois en subir aujourd'hui les conséquences.

Marie-Christine a murmuré :

— Parce que tu as pensé aux conséquences ?

À dire vrai, pas encore. Mais ça n'était pas le moment de l'avouer : une chose après l'autre. Et puis peut-être qu'elle se trompait, et qu'il n'y aurait pas de conséquences. Sauf que désormais Vincent reposait en paix comme il l'avait tant réclamé, et que sa mère pouvait enfin dormir tranquille. Et aussi que le lendemain matin, en me réveillant, je pourrais encore me regarder dans la glace. Sans avoir honte de ce que je verrais…

13

Lui parler

Je ne vais jamais à l'enterrement de mes patients ; question de distance. Mais Vincent, c'est différent.

Évidemment, la place était noire de monde. Dans un grand élan collectif, les télévisions et les radios avaient transporté tout leur matériel — camionnettes, antennes paraboliques, câbles, caméras, micros, etc. — du parking du Centre au parvis de l'église. On ne voyait qu'eux, au milieu de la foule silencieuse des amis, des habitants et autres citoyens venus, une dernière fois, accompagner Vincent, sous la pluie…

Pas question de participer à la foire médiatique. Je me suis faufilé dans l'église par une porte dérobée, accompagné de Sabrina, Stéphanie, Christelle et quelques autres membres du service.

Je ne connais pas Vincent, sauf à travers son dossier. Mais désormais, nos histoires sont intimement liées. Ce que j'ai fait, c'est pour lui ; et c'est pour lui que je suis allé dans cette église. Enfin, pour lui et aussi un petit peu pour moi. J'avais des choses à lui dire, et j'ai pensé que c'était le bon moment.

Étrange cérémonie, joyeuse et grave, profonde et légère. Touchante. Il paraît qu'il l'avait voulue comme ça : une fête pour sa libération. J'ai écouté sans écouter. J'étais présent, mais ailleurs, plus avec lui qu'avec Dieu auquel, je dois bien l'avouer, je crois surtout quand ça m'arrange. L'un après l'autre, les gens qui l'aimaient sont venus dire qu'ils étaient heureux que Vincent soit enfin parti, après trois ans d'un dur combat, et lui souhaiter bon vent.

Bon vent… C'est exactement ce dont j'avais besoin, moi, et c'est ce que j'ai expliqué à Vincent. Je lui ai donné un coup de main en l'aidant à se sortir de là. C'est à lui, maintenant, de ne pas me laisser tomber.

J'ai pensé à Marie, sa mère, et à Marie-Christine, ma femme. J'espère que de là où il est, il voit que leurs angoisses sont sœurs, et que c'est à son tour de faire ce qu'il faut pour protéger ces femmes du chagrin et de l'adversité.

J'ai pensé à ce moment si singulier où je suis seul en face d'un patient mourant. Mon patient. La plupart du temps, je ne leur ai jamais parlé, comme à Vincent. Je ne connais d'eux que leur dossier et leur famille, leur histoire et la douleur d'une vie qu'on n'a pas réussi à sauver, et qui peine à s'achever.

Quand il faut débrancher, puis aider à passer de l'autre côté, ce n'est pas la machine qu'on débranche. C'est la personne. C'est un geste sans appel, lourd de conséquences, même si, à cet instant précis, tout le monde — la famille, les proches et l'équipe soignante — sait que c'est le bon choix pour cette personne. Je prends toujours le temps qu'il faut. Le temps de la respecter. Je ne lui parle pas vraiment, mais je suis avec elle, le plus possible. Je sais que ce moment-là est un moment grave et unique, important, capital, un moment entre deux humains, qui nous appartient à elle et à moi. J'essaie d'en être digne, du mieux que je peux.

J'espère que Vincent sait tout ça. Je crois qu'il le sait, et qu'il est avec moi, comme mon père, à qui je ne m'adresse jamais mais qui est toujours là. J'espère qu'ils vont m'aider, tous les deux, à affronter ce qui m'attend.

Je crois que l'église était le bon endroit pour le leur dire.

14

La peur

— Nom, prénom, date et lieu de naissance ?

— Chaussoy, Frédéric, né le 22 mars 1953 à Boulogne-sur-Mer.

— Casier judiciaire ?

— Vierge.

— Ah ben ! vous commencez fort…

Je regarde le policier, sans comprendre. Il plante ses yeux dans les miens pour répondre à ma question muette :

— Assassinat…

C'est comme s'il venait de me balancer un coup de poing dans le plexus. Il est fou ! J'essaie d'enchaîner avec flegme :

— Pour un assassinat, il faut une préméditation, non ?

— Absolument. La préméditation, monsieur,

c'est la réunion de service que vous organisez juste avant de passer à l'acte...

Je sens mon corps se tasser sur la chaise, et mon esprit voler en éclats. En quelques secondes, la panique envahit tout. Je ne peux plus réfléchir. Et je ne peux même pas m'en aller.

Je revois le visage décomposé de Marie-Christine quand elle m'a tendu la convocation officielle arrivée à la maison quelques jours plus tôt. Et j'entends la désinvolture avec laquelle je lui ai répondu :

— T'en fais pas, ils veulent juste mon témoignage. Et je n'ai rien à cacher...

Et puis je revois la meute des journalistes qui m'attendait ce matin devant le commissariat. Je n'ai pas compris pourquoi ils étaient là. Ni d'où ils pouvaient sortir des questions aussi stupides.

— Docteur Chaussoy, quelle sera votre réaction si on vous met en garde à vue ?

— Allez-vous réitérer vos déclarations ? Considérez-vous toujours que c'est vous qui avez tué Vincent Humbert ?

— Avez-vous pris un avocat ?

— Êtes-vous pour une loi sur l'euthanasie ?

— Vous a-t-on expliqué ce que vous risquiez, en cas de procès ?

Je les ai pris pour des fous, d'imaginer des choses aussi invraisemblables. Garde à vue, et puis quoi encore ? Je suis là en tant que témoin, pour apporter mon éclairage professionnel au dossier. Pas de quoi en faire une histoire, ni la une du journal de 20 heures…

Quand j'ai enfin réussi à entrer dans le commissariat, je l'ai trouvé sordide. Tout semblait vieux et gris, un peu écaillé, un peu déglingué… J'ai pensé à Marie Humbert. Elle était en garde à vue, ici, dans cet endroit sinistre et glacial, quand elle a appris la mort de son fils. Moins réconfortant, je ne vois pas. À part, peut-être, une cellule de prison…

Et puis j'ai fait la connaissance du lieutenant chargé de m'interroger : austère et sévère. Quand il m'a fait asseoir, j'ai remarqué, dans un cadre posé à côté du téléphone, les photos de deux enfants. Ses enfants, sûrement. Une trace de joie. Dans un coin, derrière ma chaise, j'ai aussi eu le temps d'apercevoir une sorte de piquet, solidement fixé au sol, au sommet duquel pend une paire de menottes. Je me suis dit que c'était sans doute là qu'ils attachaient les individus récalcitrants, ou dangereux, pour les interroger.

Il m'a laissé m'installer. Et puis il a attaqué. Et en deux phrases, il m'a mis K.-O.

Et si c'était moi, le fou ? Si cette convocation était en fait le début d'un cauchemar, et que je me retrouvais en garde à vue, comme dans les séries télévisées où l'on entre chez les policiers pour déclarer un vol d'autoradio et qu'on n'arrive plus à en sortir ? Je n'ai pas imaginé une seule seconde que l'histoire pouvait virer de cette manière. Je n'ai pas encore prononcé un mot de ce que j'ai à dire, et il est déjà là, à essayer de me coincer en me parlant de la réunion de service... Je suis venu pour témoigner, et il me traite comme un accusé. Pas comme n'importe quel accusé, non, comme un accusé dont il a déjà décidé qu'il était coupable. En fait, il l'a déclaré lui-même : comme un assassin. Aux yeux de cet homme qui représente la loi, je ne suis pas un citoyen, mais un assassin. Que suis-je venu faire ici, et comment vais-je me sortir de ce guet-apens ?

Dans mon dos, je sens la présence du piquet avec les menottes. Tout à l'heure, il m'a paru sinistre, mais maintenant il me fait peur.

— Bon, monsieur Chaussoy. Si on commençait par le début ?

En professionnel confirmé, le lieutenant a planté le décor, avant de changer de ton. Le reste de l'entretien se déroule dans une ambiance de froide courtoisie. Je me concentre sur la raison pour laquelle je suis venu ici : donner la version des faits la plus exacte possible. Il m'écoute comme ce qu'il est, un officier de police judiciaire qui fait son métier, avec beaucoup de technique et très peu de bienveillance. C'est donc le ton que j'adopte moi-même : technique et précis. Professionnel, moi aussi. Sans états d'âme. Je détaille mon témoignage en tâchant de ne rien oublier, la réanimation de Vincent, la stabilisation de son état, l'étude de son dossier, la réunion de service, la décision de débrancher, la première piqûre, la deuxième piqûre, le décès. Je n'ai aucune raison de mentir, et je sais que les autres membres de l'équipe, et le rapport d'autopsie, corroboreront mes déclarations.

Je parle, et il tape sur sa machine. Quand il a un doute sur ce qu'il a compris, il me fait répéter. Et quand je ne suis pas assez précis à son gré, il creuse d'une ou deux questions. Ça dure une éternité, deux heures, au moins. Et puis, à un moment, il dit que c'est fini, pousse vers moi les feuillets qu'il vient de taper, et me demande de les relire avec attention avant de les signer.

Je le fais. C'est le récit froid et lapidaire d'une affaire où il ne devrait être question, dans le fond, que d'âme et d'humanité. L'histoire de ma rencontre avec Vincent et sa maman, transformée en rapport technique. La description d'un acte médical, débarrassée de toute considération existentielle. Le contraire absolu de ma façon de voir la vie, et d'exercer mon métier…

Le moral en berne, je paraphe chaque page et signe en bas de la dernière. Je me sens, moi aussi, vidé de toute substance humaine.

Il ramasse les feuilles et se lève ; il me prie de le suivre et me dirige vers un autre bureau, dans lequel m'accueille un de ses collègues, charmant. Regard franc, sourire chaleureux. Ça change ! J'aspire goulûment la première bouffée de la cigarette qu'il me propose. J'ai l'impression de revenir d'un mauvais voyage, sans être encore tout à fait arrivé. Personne ne m'explique ce qui est en train de se passer, mais je le sais très bien. Dans le bureau d'à côté, j'entends le fax haleter en transmettant ma déposition au bureau du procureur. Il va en prendre connaissance, et décider de la suite des événements.

Si ça se trouve, les journalistes avaient raison. On va me mettre en garde à vue. Ou alors me mettre en examen, directement. Et m'envoyer en prison. Détention provisoire, pour assassinat.

Assassinat.

Dans ma tête, les idées tournent à cent à l'heure, je ne parviens pas à les contrôler. Marie-Christine avait raison : qu'est-ce que j'ai à ne jamais pouvoir me taire ? On n'avait qu'à dire que Vincent était mort à la suite d'une complication, ça arrangeait tout le monde et on n'en parlait plus. Vite dit qu'on n'en parlait plus… Le procureur l'avait prévu : « J'instruirai pour meurtre. » Je suis sûr qu'il ne lâchera pas, celui-là. On ne pouvait quand même pas laisser Vincent enfermé dans sa carcasse pendant les quarante prochaines années, et sa mère enfermée pour tentative d'assassinat.

Si, on pouvait.

D'ailleurs, d'autres ne s'en sont pas privés, et ils n'en sont pas là, aujourd'hui. Et mes enfants à moi, dans l'histoire, que deviennent-ils ? Si on m'emprisonne, qui va payer la maison, les études, et tout le reste ? Marie-Christine se débrouillera, elle est forte, elle s'est toujours sortie des situations difficiles. Mais elle n'a rien mérité de tout ça. Et si jamais on m'interdit d'exercer, que vais-je devenir ? Je n'aurais jamais dû raconter tout ça à ce lieutenant de police. J'aurais dû me taire, et faire appeler Antoine, mon ami avocat. Pourquoi n'ai-je pas demandé qu'on appelle Antoine ? Je ne suis pas un assassin.

Je ne suis pas un assassin.

— Monsieur Chaussoy ?

Le lieutenant a passé la tête à la porte du bureau. Il ne laisse rien paraître de ce qu'il pense ni de ce qu'il va me dire. J'espère qu'il ne voit pas la panique dans mon regard.

— C'est bon, vous pouvez partir.

Surtout, prendre l'air détaché et ne pas dire merci. Je ne vais quand même pas remercier un type qui me considère comme un assassin.

— Très bien.

— Je suppose que vous n'avez pas très envie de repasser par le comité d'accueil qui vous guette à la porte ?

— En effet...

— On va vous faire sortir par-derrière, votre épouse vous attend dehors, elle est venue vous chercher.

Soudain, tout est allé très vite. L'agent de police à la bonne tête qui m'avait offert une cigarette m'a emmené dans un dédale de couloirs, d'escaliers et de bureaux jusqu'à une porte qui s'ouvre vers l'extérieur. La pluie m'a sorti de ma torpeur et j'ai découvert mon amour de Marie-Christine qui patientait au volant de sa voiture, à l'entrée de l'impasse. Je me suis engouffré. Elle a démarré. Dans le rétroviseur, j'ai vu la horde nous regarder partir sans pouvoir rien faire. En deux minutes, on était loin. Enfin.

D'abord, nous nous sommes tus, l'un et l'autre. Marie-Christine était concentrée sur sa conduite. Comme d'habitude, elle essayait de ne pas se perdre dans les rues de Berck, qu'elle devrait connaître par cœur mais où elle n'a jamais été capable de se repérer. J'ai observé à la dérobée son air furieux et décidé. Elle n'imaginera jamais à quel point j'étais ému de la voir…

— Ce sont eux qui t'ont appelée pour que tu viennes me chercher ?

— Non, c'est moi qui l'ai décidé. J'ai regardé LCI. Ils ont diffusé les images de ton arrivée au commissariat. Quand j'ai vu ce bazar, je me suis dit qu'il fallait que je vienne te tirer de là.

— Et les journalistes t'ont laissée passer sans probleme ?

— Ils ne me connaissent pas, et tu penses bien que je ne leur ai pas dit qui j'étais ! T'aurais dû voir comme je les ai roulés !

Elle s'est mise à rire.

— J'ai pris mon air le plus stupide et j'ai demandé avé l'assent marseillais : « C'est ici, le commissariat ? Parce qu'on m'a volé mon sac. »

J'ai ri aussi. Elle a gardé des six années que nous avons passées à Toulon une parfaite maîtrise de la caricature des femmes de là-bas. J'adore quand elle fait son numéro…

— Et ça a marché ?

— Du tonnerre ! Ils m'ont tous prise pour une folle. Même les agents de police au début.

— Vous êtes vraiment culottée, madame Chaussoy.

— Disons que je fais mon possible. Après, je leur ai dit : « Je suis Mme Chaussoy. Vous avez vu ce qu'il y a dehors ? Mon mari est médecin, pas une vedette. Je suis venue le sortir de là. »

Cette femme m'étonnera toujours.

— Et alors ?
— Alors ils ont été charmants. Ils m'ont dit que tu avais bientôt fini. Ils m'ont montré la porte par laquelle tu allais sortir, et je me suis garée devant en t'attendant. Quelques minutes avant que tu arrives, l'un d'entre eux est venu me prévenir, j'ai allumé le moteur, et voilà.
— Merci. Tu m'as sauvé la mise.
— Et toi, ça va ?
— Ça va.
J'ai bien vu qu'elle se rendait parfaitement compte que ça n'allait pas. Mais il me fallait un petit temps de récupération avant de lui raconter le numéro du lieutenant de police. Juste histoire d'adopter un ton suffisamment léger pour ne pas trop l'inquiéter…

Pendant le déjeuner, j'ai pu enfin vider un peu mon sac. Pas tout ; je n'aime pas trop parler de ce qui se passe vraiment dans ma tête… Elle n'était plus du tout en colère contre moi. J'ai senti que je l'avais retrouvée, et qu'on allait pouvoir recommencer à faire équipe, tous les deux.

Je lui ai dit que j'étais désolé, et que j'avais enfin compris de quoi elle avait peur. Je lui ai dit qu'elle avait raison, mais que je ne voyais toujours pas comment j'aurais pu faire autrement.

— Tu n'aurais pas pu faire autrement. Et je crois que je n'aurais pas aimé que tu fasses autrement. À part, évidemment, éviter de le dire…

— Mais puisqu'ils étaient tous là, à guetter le moindre de mes gestes, le meilleur moyen de me protéger, c'était de les utiliser comme bouclier.

— Comme bouclier ? C'est raté…

— Non, je ne pense pas. Regarde le résultat : tout le monde est au courant de ce qui s'est passé, et tout le monde est avec moi. Ça va être plus compliqué, pour le procureur, de m'attaquer…

— J'espère que tu as raison.

Passer un moment avec elle m'a fait du bien. Mais quand je l'ai quittée pour retourner au Centre, j'ai senti comme une monstrueuse chape de plomb me tomber dessus. C'était le contrecoup de l'interrogatoire. Toutes les angoisses remontaient en même temps, et se remettaient à tourner dans ma tête. Infernal, et épuisant.

En arrivant au bureau, j'ai appelé Antoine, mon ami avocat, pour lui raconter ma sale matinée. Il a écouté avec attention, posé des questions précises, avant de tirer un bilan plutôt rassurant :

— S'il y avait eu un problème, ils ne t'auraient pas laissé partir.

— Mais qu'est-ce que je risque exactement ?

— On ne sait pas, Fred. Il faut attendre la décision du procureur, et savoir qui il poursuit et pour quoi.

— Mais c'est quand, ça ?

— C'est quand il voudra…

— Et s'il poursuit, je risque quoi ?

— Écoute, ne commence pas à t'inquiéter avec ça.

— Je veux savoir, Antoine…

— Bon. S'il poursuit, c'est forcément pour assassinat. Donc, ça veut dire qu'il saisit un juge d'instruction, qui va décider.

— Décider quoi ?

— Soit de prononcer un non-lieu, et l'affaire est close.

— Ou alors ?

— Ou alors, pour assassinat, il n'y a pas trente-six solutions : c'est les assises.

— Les assises ?... Et je risque combien, aux assises ?

— Ne t'affole pas, Fred. On n'en est pas là.

— Dis-moi.

— Assassinat avec préméditation, ça peut aller jusqu'à la perpétuité. Mais ça n'arrivera jamais, Fred. Les assises, c'est un jury populaire, et tu as bien vu la réaction des gens : tout le monde est derrière toi.

J'ai quand même encaissé le coup. Perpétuité. Toute une vie enfermé, comme Vincent, pour avoir justement voulu le délivrer de ça...

— T'en fais pas, Fred. Ça, c'est le scénario catastrophe. Pour l'instant, on en est vraiment,

vraiment loin. Il faut d'abord attendre la décision du procureur.

— Mais c'est insupportable d'attendre.

— Bienvenue dans l'univers fabuleux de la justice de ton pays, mon ami ! Tu vas découvrir à quel point il lui faut du temps…

Un peu plus tard dans l'après-midi, Françoise est venue me prévenir que Christelle, convoquée elle aussi pour faire sa déposition, était de retour du commissariat. En larmes.

J'ai passé un long moment avec elle. Visiblement, le lieutenant lui a fait le même cinéma qu'à moi : elle était terrorisée à l'idée d'être accusée de complicité d'assassinat. Du coup, elle s'excusait presque d'avoir dit la vérité ! Je l'ai consolée comme j'ai pu. Je lui ai raconté qu'à moi aussi il avait fait son numéro de série B. Et que, moi aussi, j'avais marché. J'ai senti qu'elle avait du mal à croire que son patron puisse perdre les pédales. Tant mieux.

Je n'ai pas perdu les pédales. D'abord, ça n'était pas le moment et, ensuite, ça fait partie de mon boulot qu'elle puisse s'appuyer sur moi. C'est moi, le responsable, pas Christelle, qui a seulement, dans cette histoire, été la parfaite infirmière qu'on lui demande d'être…

La nuit de garde qui a prolongé cette rude journée m'a paru vraiment interminable. Dans la chambre aménagée à cet effet, j'ai essayé de trouver le sommeil, sans y parvenir. Les mots du policier et ceux d'Antoine résonnaient dans le noir. Assassin. Préméditation. Assises. Perpétuité.

Dans quoi me suis-je fourré ? Et comment vais-je me sortir de ce piège ?

Pour tromper la peur, j'ai feuilleté le courrier qui n'a cessé d'arriver au Centre Hélio-Marin depuis la mort de Vincent. Des dizaines et des dizaines de milliers de lettres, soigneusement classées par Françoise. Elles disent toutes la même chose : merci, chapeau, bravo, courage. Des médecins écrivent qu'ils sont solidaires, et qu'il est temps que les choses bougent. Des mamans, des épouses, racontent les histoires terribles de leur enfant, de leur homme, plongé dans le coma depuis des mois, des années, et leur désespoir. Des vieillards espèrent que la loi leur offrira, un jour, une fin plus douce…

Je trouve, dans la pile, la lettre d'un confrère .

… Comme la plupart d'entre nous, je peux me reconnaître en vous et dans votre attitude humaine et professionnelle, à la fois digne et responsable, respectueuse et respectable. Merci de donner une si belle image de notre profession et de ce métier si gratifiant, mais aussi si difficile. Merci surtout de contribuer à réhabiliter le vrai sens du mot responsable : « Qui a des responsabilités, qui prend en charge, et qui assume. » C'est une des dimensions et grandeurs de notre profession, avec l'humanisme et la compétence.

Et permettez-moi, pour terminer, d'oser paraphraser Montaigne : s'il faut une sage-femme pour mettre l'homme au monde, il faut aussi des passeurs, des hommes et des femmes sages, pour l'accompagner dans ce monde et l'aider à bien le quitter.

Tous ces mots me font du bien mais me sub mergent aussi. Ils font peser sur mes épaules, ma vie, mon avenir, une foule de questions et d'exigences. On me parle de loi, d'euthanasie, de suicide assisté, de fin de vie, de soins palliatifs et de mort douce. Je n'ai jamais pris le temps de me faire une opinion tranchée sur ces sujets. Jusqu'à maintenant, j'ai toujours considéré que, militer, ce n'est pas mon travail.

Moi, mon travail, c'est de sauver des vies. Et, quand je n'y arrive pas, de faire en sorte qu'elles se terminent sans souffrance et dans la dignité. Et mon opinion, c'est qu'aucune loi ne devrait m'interdire de faire ça.

15

Mourir prend du temps

Il n'a fallu que quelques secondes pour sauver la vie du petit garçon tombé de vélo, comme dans les films : on y voit les médecins triompher de la mort en quelques gestes presque magiques, ou des malades rendre leur dernier souffle en un instant. Mais la vie se passe rarement comme dans les films. Et le cinéma, comme la télévision, oublie toujours ce détail coûteux et dérangeant : guérir prend du temps. Mourir aussi.

Mélanie n'avait pas dix-huit ans. Elle menait tranquillement sa vie de lycéenne ordinaire qui prépare son bac, lorsqu'elle a commencé à souffrir de douleurs de plus en plus vives dans la poitrine, l'épaule, le poumon. Il a fallu un peu de temps à l'équipe médicale qui s'est occupée d'elle pour comprendre ce qui était en train de lui arriver : une bactérie rare et virulente attaquait ses poumons, au point de risquer, à terme, de l'empêcher de respirer et de détruire son système respiratoire. Définitivement.

Quand Mélanie est arrivée chez nous, son état était désastreux. Pendant les quinze jours qui ont suivi, malgré tous nos efforts, il n'a cessé de se détériorer. Plus on se battait, plus elle allait mal. C'était catastrophique : Mélanie était en train de mourir sous nos yeux sans que nous puissions rien faire…

Après avoir tenté tout ce qui était en notre pouvoir, en désespoir de cause, nous l'avons envoyée dans un service parisien, équipé d'une machine d'oxygénation extracorporelle. C'était le voyage de la dernière chance. Pendant deux semaines, la circulation sanguine de Mélanie a été déviée vers la machine, qui oxygénait son sang avant de le lui transfuser de nouveau. Il a fallu tout ce temps à son organisme, enfin correctement oxygéné, pour venir à bout de la bactérie. Finalement, Mélanie nous est revenue sauvée ! Elle est rentrée à Berck pour entamer sa convalescence avec nous, avant d'aller soigner ses séquelles et rééduquer ses poumons dans un service plus adéquat.

Pourquoi et comment s'en est-elle sortie ?

Mystère. Nous avons vraiment tous pensé qu'elle allait mourir. Mais comment laisser partir, sans s'acharner à tout tenter, même si on n'y croit plus, une adolescente de dix-sept ans et demi ?

Pour beaucoup de pathologies dont souffrent les malades que nous accueillons en réanimation, il faut des heures, des jours, des semaines avant qu'arrive enfin une amélioration. Sur quels critères ? Là encore, mystère. Une fois que nous avons mis en œuvre toutes les thérapeutiques utiles pour maintenir le patient en vie, nous n'avons plus aucun pouvoir sur la manière dont son organisme va réagir à ces traitements, ni sur la durée nécessaire à ces réactions. C'est ce qui fait toute la difficulté de la spécialité.

À partir de combien de temps de non-amélioration peut-on considérer que l'état d'un patient n'évoluera plus ?

Comment faire admettre à une famille que l'on encourage à attendre depuis des jours que, désormais, il est temps d'arrêter d'espérer, alors que rien n'a changé, ni en mieux ni en pis, dans l'état du malade ?

Comment expliquer que le temps, d'abord

ami — « s'il tient les soixante-douze prochaines heures, une étape décisive est franchie » —, peut devenir, finalement, annonciateur de mauvais augure — « cela fait plusieurs semaines qu'il tient sans montrer aucun signe d'évolution » ?

Tout serait si simple si l'on pouvait établir une échelle stricte des durées qui permette à chacun, soignant et soigné, de savoir « où on en est ».

Combien de jours faut-il à un traumatisé crânien pour sortir du coma ?

Au bout de combien de mois sans amélioration faut-il admettre qu'il est perdu ?

Combien de temps faut-il à un comateux réveillé pour retrouver ses fonctions de base ?

À partir de combien de semaines de rémission peut-on considérer qu'un malade est guéri ?

La médecine a beau être une science, elle n'a pas de réponse à ces questions. Pas plus que nous ne savons évaluer le temps qu'il faut à une famille pour assimiler le drame qui cloue l'un des siens sur un des lits de notre service ; le temps qu'il faut à une épouse pour réaliser que son mari ne sera plus jamais en mesure de lui parler ; à un père que son fils ne pourra sans doute plus bouger ; à des enfants que leur parent est désormais incapable de communiquer…

La seule réalité tangible dont nous sommes certains, c'est qu'il faut du « temps », à chacune des personnes concernées. Y compris à l'équipe médicale, pour accepter que, bien qu'elle ait tout essayé pour empêcher un malade de glisser vers la mort, il glisse, inexorablement. Et que, peut-être, il est « temps » de le laisser glisser…

Dans mon service de réanimation, la mort ne peut pas être anonyme et solitaire : chacun des douze lits demande une attention de tous les instants. Les patients sont branchés sur des appareils très perfectionnés, qui nous préviennent à la moindre défaillance. Nous ne savons pas toujours ramener la vie, mais, si le cerveau est bien irrigué et que le cœur ne lâche pas, nous savons repousser la mort, presque indéfiniment.

Puisque les événements m'ont poussé à parler, autant dire les choses clairement, telles qu'elles sont, même si elles choquent. Quelle est la différence entre la vie et la mort ? Où se trouve la limite ? Il y a cent ans, cette question m'aurait sans doute fait passer pour un imbécile : un vivant, c'est évidemment un être humain qui n'est pas mort, et un mort, forcément un être humain qui n'est plus en vie. Sauf qu'en un siècle nous avons fait d'immenses progrès, en particulier pour empêcher les êtres humains de « n'être plus en vie ».

La seule mort contre laquelle nous ne pouvons vraiment rien est cérébrale : lorsque le cerveau ne fonctionne plus, nous ne savons pas le remettre en marche.

Mais nous savons soutenir un cœur pour qu'il ne cesse pas de battre. Un long moment.

Et avec la respiration artificielle, nous savons retenir le dernier soupir d'un homme. Pendant des mois…

Et puis nous savons filtrer le sang à la place des reins, nourrir quelqu'un qui n'est plus capable de s'alimenter, hydrater celui qui ne peut pas boire, et même plonger dans un coma artificiel les personnes pour qui la douleur serait insupportable si elles étaient conscientes.

Alors ? Qu'est-ce qu'un vivant ? Qu'est-ce qu'un mort ? Faut-il débrancher ces merveilleuses « machines à vivre » ? Pourquoi, et quand ? Qui décide ? La loi dit : « Pas d'obstination déraisonnable. » Mais qui définit ce qui est raisonnable, et ce qui ne l'est pas ? Et comment faire pour que la raison des uns soit aussi celle des autres ?

Même lorsque les soins palliatifs, à l'hôpital ou à domicile, seront suffisamment développés pour que les mourants ne soient plus abandonnés, ils ne nous dispenseront pas d'affronter le moment où la vie s'arrête.

Pendant longtemps, l'homme n'a eu aucun pouvoir de décision sur ce moment-là. La vie s'arrêtait parce que l'organisme, blessé, malade ou épuisé, ne fonctionnait plus. Mais aujourd'hui, avec les machines à vivre, nous savons aider un organisme à fonctionner encore, malgré tout, pendant des jours, des mois, des années... C'est cet état de fait qui nous oblige à poser une question embarrassante qu'il va bien falloir, pourtant, affronter : à partir de quand doit-on cesser d'aider un organisme blessé, malade ou épuisé à fonctionner ?

Quand doit-on débrancher un respirateur ou un rein artificiel ?

La même question se pose, de façon encore plus cruciale, pour les grands accidentés que nous récupérons *in extremis*, mais dont le corps ne fonctionne presque plus, ou plus du tout. À Berck, nous voyons arriver et repartir des personnes plongées dans un coma dont nul ne sait si elles vont en sortir un jour, ni dans quel état. Ou des malades tétraplégiques, comme Vincent, dont l'avenir est d'être à jamais cloué sur un lit d'hôpital, tenaillé par la douleur, sans aucune possibilité de communiquer. Dans les services de grands prématurés, on sauve de la mort des enfants dont on découvre, finalement, qu'ils ont définitivement perdu toute faculté de développement...

Et ni la loi ni personne ne nous dit quoi faire de tous ces morts vivants, pour lesquels nous n'avons plus aucun projet.

Alors, les familles se débrouillent. Elles finissent par trouver les fameux « établissements spécialisés ». On y accueille les « longs séjours » : des malades végétatifs chroniques, qu'on renonce à stimuler, puisqu'on estime qu'ils ne feront plus jamais aucun progrès. Dans le meilleur des cas, ils sont nourris, lavés, changés, surveillés. Mais pas toujours avec l'attention et le respect qu'ils mériteraient. Au mieux, ils continuent de végéter, pendant des années, dans un temps suspendu pour eux mais terriblement lourd et douloureux pour leur famille. Au pis, leur corps se dégrade faute de soins attentifs. D'escarres en infections, d'affaiblissements en complications, ils finissent par mourir lentement, d'absence d'attention…

Parfois, les familles ne trouvent pas : trop loin, trop cher, pas de place, pas d'assurance complémentaire… Je me souviens d'avoir croisé, un jour, une femme éreintée d'avoir repris chez elle son fils accidenté, figé dans un état végétatif chronique. Son mari était mort quelques mois plus tôt, épuisé de chagrin, de fatigue et de désespoir. Sa fille, présente à ses côtés, était en larmes. Et l'on comprenait, en écoutant cette femme et cette adolescente raconter leur vie quotidienne au seul service du jeune homme brisé, que la famille aussi était accidentée, gravement, en réelle détresse vitale, et qu'elle ne survivrait plus très longtemps à la survie du rescapé. Si ces deux femmes infiniment courageuses me lisent, qu'elles pardonnent la violence de mes mots. Mais faut-il laisser payer de leur vie à trois personnes valides l'interminable et désespérante agonie d'un mort vivant ? Et jusqu'où peut-on abandonner une mère, un mari, des enfants, à qui l'on restitue un corps presque sans vie, et presque sans esprit, dont ils auront la charge exclusive et définitive jusqu'à ce que mort s'ensuive ?

Pour l'instant, la loi laisse les médecins seuls juges des limites de l'« obstination déraisonnable ». Sauf, bien sûr, après coup, lorsque les choses s'enveniment et qu'un procureur demande des comptes. Dans l'affaire Humbert, l'obstination de la loi — qui interdit absolument à quiconque de tuer quiconque — s'oppose à la raison de Vincent et de sa mère, qui ne voient pas comment continuer cette vie-là ; dans l'affaire Chaussoy, c'est l'obstination du procureur qui, en refusant d'intervenir « avant », mais en s'empressant d'attaquer « après », s'oppose à la raison de la famille Humbert au complet, et de toute une équipe soignante.

Les frontières entre la vie et la mort sont parfois tellement subtiles, les côtoyer nous renvoie à des questions tellement intimes qu'il va bien falloir, à un moment, que la société tout entière accepte de se pencher dessus. On ne peut pas éternellement s'en décharger sur les médecins…

16

Frédéric par Marie-Christine

Ça fait quinze ans que je suis mariée avec Fred. Mon Fred. Et en quinze ans, nous n'avons jamais rien eu d'aussi dur à traverser que cette histoire-là…

La première fois que j'ai eu vraiment peur pour lui, c'est le jour où il était convoqué au commissariat. Il est parti là-bas, sans se faire de souci. Vers 10 heures, j'ai allumé la télé et je l'ai vu devant la porte du commissariat, assailli par une horde de journalistes qui lui posaient des questions horribles. Avec son air épuisé, perdu, on aurait dit une proie sans défense. Je ne pouvais pas le laisser tout seul face à cela, surtout que ça serait sûrement trois fois pire quand il allait sortir. Je suis allée le chercher.

Quand il est apparu à la porte de derrière, il avait pris dix ans. Il était gris. J'ai compris tout de suite qu'il s'était produit quelque chose de grave.

Évidemment, il n'a rien dit. Fred ne dit jamais rien de ces choses-là. Quand les hommes admettront que savoir discuter de leurs blessures et de leurs peurs avec la femme qu'ils aiment n'est ni dégradant ni dangereux, et que c'est bien plus rassurant pour nous de mettre des mots sur ce qui se passe plutôt que de l'imaginer, le monde aura gagné un temps précieux. En attendant, j'ai dû le faire parler, l'air de rien, en faisant surtout très attention à ne pas lui montrer à quel point il avait l'air en mauvais état.

Il a fini par me raconter, un peu : le lieutenant de police l'avait traité d'assassin… À moi aussi, ça m'a fait comme un coup de poing dans l'estomac. Je n'ai rien dit, ça n'était pas le moment. Mais j'ai senti comme une explosion de peur à l'intérieur de moi. C'était ça, la mauvaise intuition qui m'empêchait de dormir depuis le premier soir. Je le pressentais. Tout allait très mal se passer. Comme ils ne pouvaient pas s'attaquer à la mère de Vincent, c'est Fred qui allait tout supporter...

Et voilà, c'était là : il était enfin en train de réaliser ce que je sentais depuis le premier soir. Il n'arrêtait pas de répéter :

— Où est-ce que j'ai mis les pieds ? Mais où est-ce que j'ai mis les pieds ?

Moi, je le voyais complètement décomposé sans savoir comment l'aider à ne pas perdre les pédales. Il était tellement mal que j'ai paniqué.

Fred est un rêveur. Il pense qu'il lui suffit de faire les choses comme il faut et d'être de bonne foi pour que rien ne lui arrive. J'ai bien vu ce qui s'est passé avec Vincent. Il a pesé le pour et le contre, écouté tous les points de vue, y compris le mien, que j'ai été obligée d'exprimer un peu fort pour être sûre qu'il ait bien entendu, et puis il a fait comme d'habitude : il a pris la décision qui lui semblait la plus humaine, et la plus juste pour son patient. Et tant pis pour la suite des événements.

C'est usant, de vivre avec un homme pareil.

C'est usant, mais c'est pour ça que je l'aime. Il est têtu et courageux. Honnête, incapable de supporter une injustice. Il n'a pas eu besoin de me faire des phrases et des phrases pour que je comprenne à quel point Marie Humbert l'avait bouleversé, et que ça serait au-dessus de ses forces de laisser cette femme se débrouiller seule contre tous.

J'ai su que Fred prendrait tout sur lui pour la protéger. Et, même si ça a mis notre vie sens dessus dessous, j'aurais détesté qu'il la laisse tomber…

Comme prévu, il a tout pris sur lui, sans vouloir penser à ce que ça allait déclencher. Et quand ce cher lieutenant lui a ouvert les yeux, le ciel lui est tombé sur la tête.

La deuxième fois, c'était la semaine suivante, je ne me souviens plus exactement de la date. Quand le procureur a jugé bon de lui faire une petite piqûre de rappel, en déclarant publiquement que non seulement Fred avait débranché Vincent de son respirateur, mais qu'en plus il lui avait injecté un produit mortel. Pour un homme qui passe sa vie à essayer de sauver celle des autres, se faire traiter haut et fort de docteur tueur, c'est insupportable.

La pire chose qu'on puisse faire à Fred, c'est sous-entendre qu'il est un mauvais médecin. Qu'il fait mal son travail. Qu'il est dangereux pour les gens qu'on lui confie. Et tout compte fait, je crois bien que c'est la pire chose qu'on puisse me faire à moi aussi. Je le vois travailler depuis quinze ans ; il ne pense qu'à ses patients. Et même si ça m'agace quand ça vient contrarier ma petite organisation familiale, je sais bien que c'est aussi pour ça que je l'aime. Et c'est ignoble de le traiter d'assassin…

Ça a été terrible pour toute la famille. Quand Claire a entendu à la radio qu'il était accusé de meurtre avec préméditation, elle a appelé à la maison, en larmes. Mathilde a suivi, complètement paniquée. Les garçons, eux, ont veillé à ne montrer aucun signe d'inquiétude, comme d'habitude. Mais je les connais par cœur. Ils n'étaient pas tranquilles du tout, du tout…

Moi, ça m'a foudroyée. J'ai eu beau essayer de ne rien laisser paraître, et de continuer à faire tourner la maison en m'arrangeant pour que personne ne se rende compte de rien, je n'y arrivais plus. Dès qu'ils avaient le dos tourné, je me retrouvais recroquevillée sur le canapé, terrorisée à l'idée de ce qui nous attendait. J'ai essayé les antidépresseurs ; c'était pire. Comme si la vie s'arrêtait.

Je voyais tout défiler : Fred interdit d'exercer, en prison, condamné. La famille éclatée, les études des enfants fusillées, la maison mise en vente, et toute notre vie détruite en un rien de temps.

J'ai vu le monde entier, notre monde à nous, si précieux, doux, vivant, voler en éclats…

Le rire a toujours cimenté toutes nos aventures, depuis le début. Mais là, on ne riait plus du tout. Jamais. On n'arrêtait pas de se disputer, chacun enfermé dans sa propre angoisse, et plus capable de la partager. Plus de joie, plus de jeu, plus de regards complices, plus de tendresse. Seulement la peur et l'inquiétude, comme un rideau de fer entre lui et moi. Notre vie tout entière n'avait plus qu'un seul horizon, sombre et plombé : « L'affaire. » La procédure en cours. L'attente de la convocation du juge d'instruction. Les stratégies des avocats. Les lettres de soutien. Les pétitions. Les interviews. Les heures au téléphone…

Un soir de cet automne-là, au moment de quitter le Centre, il m'a appelée. Il avait une voix d'outre-tombe.

— Je ne suis pas bien, Marie. J'en ai marre, de tout ça…

— C'est normal, tu es crevé. Dépêche-toi de rentrer, et fais attention sur la route…

J'avais hâte qu'il revienne. Je l'ai senti perdu, vidé. Désespéré. J'ai entendu dans sa voix que quelque chose n'allait pas.

« Fais attention sur la route. » Comme un écho, ma dernière phrase a continué de résonner, jusqu'à ce que je comprenne. Et là, la colère m'a saisie. Il n'allait pas faire ça ? Décrocher, nous abandonner, m'abandonner maintenant ? Il n'allait pas laisser les lâches et les imbéciles avoir raison ? Se taire après avoir eu le courage de parler ? Déserter au lieu de se battre ? Lâcher prise et partir, alors qu'on avait tous, absolument tous, besoin de lui ?

J'ai pris ma voiture, et j'ai filé à sa rencontre. Je savais que c'était une question de minutes, de secondes. Il fallait que je le retrouve, vite, et que je l'empêche de faire n'importe quoi.

Il fallait que je lui dise que je l'aimais.

Il faisait nuit. J'ai reconnu les phares de sa voiture, loin devant. Je lui ai fait des appels avec les miens. On s'est arrêtés sur le bas-côté, pour parler un peu. Et puis on est rentrés à la maison.

Des mois plus tard, il m'a raconté : il roulait vers la maison. Il a accéléré, accéléré. Un virage, un arbre, et il s'envolait. Sans nous.

17

Mon « crime »

Je ne suis pas un assassin. Je passe ma vie à me battre contre la mort, avec tous les outils que la science met à notre disposition. Depuis bientôt vingt-cinq ans que j'exerce ce métier, je n'ai pas compté. Combien de vies sauvées ? Combien de vies perdues ? Je ne sais pas. Elle est absurde, cette question-là.

D'après l'expertise du médecin légiste, sur laquelle s'est appuyé le procureur pour porter ses accusations, rien, dans l'état de Vincent, ne pouvait laisser présager une mort imminente. Son organisme semblait avoir supporté l'attaque des barbituriques. Il faudra attendre un examen approfondi du rapport d'autopsie pour évaluer les lésions cérébrales provoquées par la chute de tension, pendant les quelques heures qui ont précédé la réanimation. Mais, sur le pronostic vital du patient, mon confrère est formel : Vincent aurait survécu à son empoisonnement. C'est ma piqûre de chlorure de potassium qui l'a tué. Point final.

Un rapport est un rapport. Mais c'est sur ces documents qu'un procureur poursuit, qu'un juge d'instruction instruit, et qu'un législateur légifère. Des documents froids et techniques, qui décrivent méticuleusement les informations que le corps restitue. Un cœur en état de marche. Des poumons capables d'oxygéner un circuit sanguin opérationnel. Un système digestif indemne de toute atteinte vitale. Une machine anatomique abîmée, certes, mais encore suffisamment fonctionnelle pour être considérée comme viable par un médecin légiste dont le travail est d'examiner des cadavres pour rendre compte de leur état.

L'état de Vincent était viable, soit. Mais était-il vivable ?

Comment peut-on estimer l'état de santé d'un malade tout en négligeant ce qui se passe dans sa tête ? Comment peut-on évaluer la capacité de vie uniquement à partir d'un mort ? Quelles marques peut garder un corps d'une si forte envie de mourir ? Fallait-il laisser Vincent s'étouffer jusqu'à ce que son organisme porte des traces visibles d'hypoxie pour que le médecin légiste puisse en tenir compte dans son rapport ? Fallait-il que je le laisse mourir d'asphyxie pour ne pas être accusé de meurtre par mon confrère ?

Comment un médecin peut-il nier sans ciller tout ce qui n'est pas scientifiquement mesurable ? Comment peut-on ne pas prendre en considération les émotions, les douleurs, les envies ? Comment peut-on oublier à ce point notre part d'humanité ?

Je sais, ce n'est qu'un rapport. Mais les conclusions terribles et péremptoires de mon confrère médecin claquent comme un verdict, et me classent directement dans le rang des assassins. En quelques pages, Vincent n'est plus un être humain, mais un organisme dont j'aurais arbitrairement arrêté la vie. Pas question de son histoire, de son envie de vivre. Oubliés, les mois de lutte pour sortir du coma. Le combat de sa mère Marie, les espoirs et les désespoirs. Le cheminement d'un esprit sain et déterminé, qui petit à petit comprend où son destin le mène, et qui choisit de refuser. Gommés d'un trait, la dignité et le courage, l'amour de toute une famille qu'il va finir par convaincre de le laisser partir. Ignorées, les dernières semaines à préparer le voyage, et la paix retrouvée de savoir qu'enfin il va bientôt arriver.

Comme si tout ça n'existait pas. Comme si les patients n'avaient pas, eux aussi, voix au chapitre. Comme si leur droit à la vie les privait définitivement de leur droit à la mort.

Parmi les innombrables médecins qui se sont donné la peine de me faire part de leur soutien, l'un d'entre eux m'a écrit une belle lettre qui conclut par ses mots :

La justice est une histoire de textes, la médecine une affaire d'hommes.

Il est plus que temps d'admettre qu'on ne peut pas laisser des procureurs et des médecins légistes statuer sur ces questions-là. Il faut interroger, aussi, les médecins ; les psychiatres et les philosophes, les politiques et les associations, les malades, les familles. Les citoyens. Les hommes. Faire entrer les vivants dans le débat. Écouter ce qu'ils ont à dire avant de mourir.

Mon vrai crime, c'est d'avoir dit tout haut ce que nous sommes nombreux à faire tout bas. Dans ce monde où l'on ne veut plus voir la mort, on n'en parle pas non plus. Chacun se réjouit que l'intelligence de l'homme ait réussi à inventer des machines à vivre. Tout le monde est heureux et soulagé que les médecins soient là pour brancher un respirateur qui empêchera un homme de mourir. Et personne ne se demande de quel droit.

À qui appartient cette vie que nous nous octroyons le culot de retenir alors qu'elle s'en va ? Au nom de quoi empêchons-nous les hommes de mourir des accidents qu'ils croisent sur leur chemin ? Pour qui nous prenons-nous, lorsque nous intervenons pour mener à terme une grossesse qui donne des signes de faiblesse, lorsque nous maintenons en vie des organismes mortellement blessés, lorsque nous empêchons une maladie de progresser, lorsque nous faisons repartir un cœur arrêté, lorsque nous réanimons un suicidé ?

À qui appartient la vie ?

La vie n'appartient pas aux médecins, bien évidemment. Pas plus qu'elle n'appartient aux procureurs, aux militants religieux de tous poils, ou aux hommes politiques. Ni, bien sûr, aux machines à vivre aux fils desquelles nous la suspendons parfois, de façon absurde et définitive

Toutes ces machines ont été inventées pour empêcher les hommes de mourir, le temps que les médecins fassent le nécessaire pour les soigner, et que l'organisme récupère la capacité à vivre de façon autonome. Souvent, ça marche. Mais, quand ça ne marche pas, il faut bien se résoudre à les débrancher. Un homme sous respirateur n'arrête jamais de respirer, tant que la machine continue de fonctionner. Et alors ? Que fait-on ?

Que les choses soient bien claires, même si elles nous dérangent : dans de nombreux cas, les gens qui meurent dans les services de réanimation, suréquipés en machines à vivre, meurent parce qu'à un moment la décision a été prise de ne plus utiliser ces machines pour les maintenir en vie.

Et ce n'est pas tout. Lorsque l'on décide de faire cesser les machines, que se passe-t-il ? Dans les films, les petites lumières cessent de clignoter sur l'écran et le malade rend son dernier soupir, enfin apaisé. Au cours d'un journal télévisé qui parlait de Vincent, j'ai même vu l'image d'une prise mâle qu'on débranche de la prise femelle, dans une chambre d'hôpital. Fin de l'épisode ! Comme si c'était si simple.

Il se trouve que la réalité est plus rude. Le plus souvent, le malade se met à suffoquer. Il va mourir par asphyxie. Il va mourir, c'est certain. Mais pas tout de suite. Ça prend du temps, l'asphyxie. Le corps humain ne cède pas si facilement. Il se bat, par réflexe. Cherche l'oxygène dont il a besoin et qu'il n'a plus les moyens de trouver.

Dans certains services, on ferme la porte de la chambre, le temps que « ça » se passe. Parfois, les infirmières à qui la situation paraît insupportable viennent supplier le médecin de « faire quelque chose » pour que « ça » s'arrête.

Parfois, le médecin leur répond de « faire ce qu'il faut ». Et parfois, il le « fait » lui-même.

Et la mort, à qui appartient-elle ?

Ma vie à moi, c'est cette réalité : vingt pour cent des patients qui me sont confiés meurent, dans un service où nous disposons pourtant d'équipements sophistiqués qui seraient capables de prolonger leur existence pendant un très long laps de temps. Nous prenons soin de ces patients, et de leurs familles. Nous tentons tout ce qui est en notre pouvoir pour les ramener à la vie. Et lorsque nous sommes au bout de nos possibilités, que nous n'avons plus aucun projet thérapeutique à proposer, nous en informons les familles, avec respect et attention.

Il n'y a ni recette ni procédure pour aborder ce moment-là. Pas de mot type, non plus. Ni de phrases toutes faites. Il y a, seulement, les liens que nous avons créés entre ces personnes et nous depuis l'arrivée de leur malade. Les mots et les silences que nous avons échangés. Les sourires, les espoirs, les regards de courage et les gestes de compassion. L'attention que nous leur devons. La confiance qu'elles nous donnent en retour. Et le respect absolu de leur cheminement.

Nous les accompagnons tranquillement, avec patience, le temps qu'il faut, jusqu'à ce qu'elles comprennent que, malgré les machines, leur malade ne progressera plus et que, sans les machines, il ne survivra pas.

Jusqu'à ce qu'elles soient prêtes à le laisser partir.

Alors, en équipe, nous décidons de couper les machines — ce que nous appelons dans notre jargon « arrêter les thérapeutiques actives ».

Reste à poser ce geste médical, grave et irrémédiable. Je considère que c'est à moi, chef du service, de prendre cette responsabilité. Je me rends donc auprès du malade. Une infirmière me seconde. Et je débranche cet être humain des machines qui le maintiennent en vie, dans l'intimité de sa chambre.

S'il donne le moindre signe de souffrance, je réagis comme n'importe quel médecin : je me porte à son secours en lui injectant le produit qui me semble le plus adapté à sa situation. Je l'accompagne, du mieux que je peux, dans ce passage de la vie à la mort, puisque plus rien d'autre ne peut être tenté.

Cet acte-là n'est pas un acte ordinaire. Je déteste devoir m'y résoudre. Mais je le dois au patient que nous nous sommes acharnés à sauver. Et je me dois de l'accomplir comme tous les autres actes médicaux, avec respect et dignité.

Assez d'hypocrisie : je fais ce geste-là, et je l'assume. D'autres que moi le font aussi. Pas plus que moi, ils n'ont le choix, tout simplement parce que ça fait partie de notre métier.

Inutile, pour nous protéger et contourner la réalité, une fois encore, de lancer le débat sur les nuances subtiles qui différencieraient l'« euthanasie passive » — consistant à débrancher la machine et à laisser faire la nature — de l'« euthanasie active » — qui accompagne d'une injection, si nécessaire, l'arrêt des thérapeutiques actives. Ni de tergiverser pendant des mois sur la nature du produit à mettre dans la seringue. Inutile, même, de parler d'euthanasie.

Parlons, déjà, de la mort et de l'agonie. Regardons-les en face et demandons-nous comment les rendre plus douces, puisqu'elles sont inévitables. Mettons le patient au milieu de ce débat-là, et voyons ce qui est le mieux pour lui. Aucun médecin n'aime laisser la mort gagner. Mais quand elle gagne, pour quelles raisons ne pas lui enlever un peu de sa cruauté, puisque c'est en notre pouvoir ?

Je pense, moi, que ma vie m'appartient, et que nul autre que moi n'a le droit d'en décider. Je pense aussi que ma mort m'appartient et que je serais soulagé, si les circonstances le réclamaient et que je n'étais plus capable de le faire moi-même, qu'un confrère m'aide à l'affronter sans souffrance, avec égard et bienveillance.

Cent cinquante mille patients sont, chaque année, en France, débranchés de leur machine de vie. Cent cinquante mille morts intentionnelles décidées collégialement par les équipes médicales !

Le code pénal n'a qu'une réponse : assassinat avec préméditation. Mais les poursuites sont heureusement très rares.

Cent cinquante mille assassins sont donc en liberté.

Voilà pourquoi la loi doit évoluer.

Il est temps que les procureurs de ce pays le réalisent : débrancher une machine n'est pas forcément un crime ; le faire après en avoir discuté avec toutes les personnes concernées ne constitue sûrement pas un facteur aggravant ; et veiller à ce que la fin d'un malade condamné soit douce est avant tout une preuve de respect et d'humanité.

Un médecin peut accompagner la mort sans être un assassin…

18

La mort qui frôle

Un jour, Thomas est devenu jaune. Comme mon père.

C'était en février 2004, six mois après la mort de Vincent. Il venait d'avoir quatorze ans. Nous étions tellement absorbés par l'affaire que nous ne nous en sommes même pas aperçus : c'est une amie de Marie-Christine, chargée de l'emmener au collège, qui a fini par nous le faire remarquer, en s'excusant presque de se mêler de ce qui ne la regardait pas.

Tout d'un coup, la réalité nous a sauté à la figure : notre fils ne mangeait presque plus, il avait une mine épouvantable, la peau et le blanc des yeux jaunes. Il était malade.

Les premiers examens ont confirmé notre inquiétude. Quelque chose n'allait pas chez Thomas.

La vie entière s'est arrêtée. Le monde s'est arrêté. Mon cœur s'est arrêté. J'ai revu mon père, son agonie. Les souffrances abominables. La mort. J'ai vu ces jeunes enfants, croisés en service d'oncologie, dévorés par la maladie. Foudroyés. Le cancer qui galope à une vitesse inouïe dans le corps des enfants. Le désespoir insondable des parents. Les yeux de Marie Humbert, sans cesse remplis de Vincent.

La peur panique, vertigineuse, terrifiante, de perdre mon fils.

Ça a duré deux jours. Le temps que les examens disent que, oui, Thomas était malade, mais que, non, ça n'était pas grave. Notre petit gars silencieux faisait juste une réaction violente aux six mois de peur et d'angoisse qu'il avait accumulés sans rien dire en voyant ses parents se débattre avec l'affaire.

Je croise la mort souvent. Je ne l'avais jamais vue de si près.

19

Être en vie

Aurélie voulait être prof de danse. Ravissante, gracieuse, douée, et toute la vie devant elle pour réaliser ses rêves. Cette nuit-là, elle avait dansé comme une folle, avec ses copains, dans une boîte de nuit. Elle ne connaissait pas très bien le garçon qui conduisait la voiture. Elle ignore ce qui s'est passé.

C4. C pour cervicale, 4 pour quatrième vertèbre. La moelle épinière d'Aurélie est sectionnée à cet endroit précis. La chirurgie médullaire n'existe pas. Réparer la moelle, on ne sait pas. Aurélie ne peut plus bouger, et aura besoin, toute sa vie, d'un fauteuil électrique pour se déplacer et d'une machine ambulatoire pour respirer. On s'aime bien tous les deux. On a le même goût pour la musique ringarde, au dire de mes chers petits : Neil Young et Ben

Harper, qu'on écoute à fond quand personne n'est là pour protester. Elle garde toujours à son chevet le nounours que je lui ai offert, pour le Noël qu'elle a passé dans le service.

Aurélie est une jeune fille vivante et courageuse, entourée d'une famille aimante et combative, accrochée à la vie par tous les moyens qui lui restent. Notre travail, à tous, est de l'aider absolument à continuer d'avoir envie de demeurer en vie.

Vincent, lui, n'avait plus envie. C'était à peu près la seule liberté qui lui restait, avec celle, si précieuse, de pouvoir l'exprimer, même au prix d'efforts fous. Et si, un jour, Aurélie, Erwin, Didier et tous les autres courageux dont l'histoire m'accompagne en ont assez ? Si, comme Vincent, ils décident de prendre la liberté de ne plus se battre quotidiennement, contre tout ? S'ils ne souhaitent plus supporter leur totale dépendance, leur corps immobile, leurs douleurs, leur avenir rétréci ?

Et si les personnes qui souffrent de maladies dégénératives, les cancéreux dont la phase terminale peut durer des mois, et la cohorte de ceux dont la « fin de vie » est encore lointaine mais irrémédiablement handicapante, paralysante, suffocante, dégradante, n'avaient pas envie de ces derniers temps d'agonie, même très bien accompagnés, dans de très efficaces services de soins palliatifs ? S'ils voulaient, à un moment qui leur est propre, décider de s'en dispenser ?

Le médecin légiste serait encore formel : aucun d'entre eux n'est en fin de vie. Légalement, ils ne disposent donc que d'une solution : continuer à en baver, avec courage et détermination. Dépendre, jusqu'à usure totale de leur organisme, du bon vouloir des autres, pour tout. Accepter de ne plus rien maîtriser, jamais, et se débrouiller comme ils peuvent pour désirer, pendant les prochaines années, rester en vie…

En France, la loi est très claire : la vie appartient à l'individu, il est le seul à avoir le droit d'en disposer. Ce qui veut dire concrètement que le suicide n'est pas interdit, mais exclusivement réservé à ceux qui en ont les moyens physiques. Personne n'est autorisé à faire cesser la vie de quelqu'un, y compris à sa demande. Depuis l'abolition de la peine de mort, personne n'a plus le droit de tuer personne légalement, pour quelque raison que ce soit. Dans la plupart des cas, c'est plutôt une bonne nouvelle ! Mais, dans le cas de Vincent, Aurélie, Erwin et tous les autres, c'est le début de l'enfer. Ils peuvent disposer de leur vie, mais n'ont aucun moyen matériel d'y mettre fin. Et il n'est permis à personne de les y aider...

En Suisse, où l'euthanasie est pourtant formellement interdite, Vincent aurait tout de même eu une solution : le « suicide assisté ». La toute nouvelle loi a été tournée de manière qu'en aucun cas un médecin n'ait à « donner la mort ». En revanche, il a le droit d'assister un malade gravement atteint dans sa demande de fin de vie. Il peut fournir un produit mortel, et préparer la seringue qui servira à l'injection — toujours en présence d'un tiers. Mais c'est au malade, ou, si le malade n'est pas en état de le faire, au tiers obligatoirement présent, d'appuyer sur la pompe. L'autre solution est que le médecin prescrive le produit à son malade, mais jamais directement : une association, autorisée à recevoir cette prescription et à assister les malades dans leur suicide, se procurera la drogue mortelle à l'aide de l'ordonnance. Cette association dispose, à Zurich, d'une pièce spécialement aménagée pour recevoir les malades, accompagnés des personnes qu'ils désirent, pour qu'ils puissent mourir tranquillement, dans un endroit adapté, et dans les meilleures conditions. Ces suicides assistés sont ensuite déclarés comme tels aux autorités compétentes.

En Belgique, la démarche est totalement inverse : depuis 2001, dans certains cas très précis, la loi admet le suicide médicalisé. C'est donc le médecin traitant de Vincent, et personne d'autre, qui aurait pu lui faire une injection létale, après avoir respecté à la lettre la procédure prévue dans les moindres détails : Vincent, majeur et conscient, aurait dû lui exprimer clairement une « souffrance insupportable », et discuter avec lui du caractère incurable de son état. Après plusieurs entretiens, un autre médecin aurait vérifié cet état de fait, en particulier auprès de l'équipe médicale qui suivait Vincent. À ce moment seulement, le médecin traitant aurait pu procéder à une injection, avant de déclarer officiellement la mort assistée de Vincent à une commission chargée de vérifier sur dossier que la procédure avait bien été respectée.

Aux Pays-Bas, les choses se seraient passées à peu près de la même manière qu'en Belgique, de façon informelle ces dix dernières années, et parfaitement légale depuis 2000.

En Espagne, depuis 1995, d'après la jurisprudence, on n'accuse plus de meurtre un médecin qui accède à la demande « insistante et réitérée » d'un malade dont l'état réputé incurable entraîne des douleurs permanentes et difficiles à supporter.

Ce qui veut dire que dans un certain nombre de pays civilisés, dont la culture est voisine de la nôtre, les esprits ont accepté de s'ajuster au progrès. Qu'après avoir formellement interdit et durement sanctionné des pratiques médicales nouvelles — comme l'ont été, un temps, la prescription d'une contraception ou l'avortement, par exemple —, la loi peut s'adapter. Qu'il n'est plus criminel d'envisager d'apporter une assistance médicale à quelqu'un qui souhaite, pour des raisons médicales, mettre fin à son calvaire. Que des recours, sévèrement balisés, sont possibles. Et que, donc, les médecins ne sont plus contraints d'agir en clandestins, en risquant d'être traités d'assassins...

Mais chez nous, en France, comme en Allemagne ou en Grande-Bretagne, Vincent n'avait droit qu'à une solution : se résigner. Et le docteur Chaussoy qu'à deux options : sortir Vincent de son coma pour le laisser dans sa prison, ou l'aider à finir son calvaire, et risquer de se retrouver, lui, en prison…

Et que faire pour tous les autres, cloués eux aussi sur leur lit de douleurs ou d'inconscience, et qui n'ont même plus les moyens de crier stop ? Les « longs séjours » que les suites d'un accident ou la fin d'une maladie implacable privent à tout jamais de la parole ? Ceux qui ne peuvent même plus battre des paupières ou bouger le pouce droit pour dicter l'alphabet ? Ceux que le silence emmure à jamais, et qui n'ont plus aucun moyen de dire : « Ça suffit » ?

En Belgique, en Suisse, en Allemagne, en Autriche, au Danemark, en Espagne, en Angleterre, la loi protège la volonté écrite d'un malade qui n'est plus capable de s'exprimer. On appelle ça un « testament de vie ». L'idée est simple : chaque personne adulte et en pleine possession de ses moyens peut écrire noir sur blanc, dans un document signé par deux témoins et révocable à tout instant, la manière dont elle souhaite être traitée en cas d'accident ou de maladie qui la priverait de tout mode d'expression ou de conscience. Ses volontés sont tenues d'être respectées… dans la limite de ce qu'autorise la loi, évidemment.

L'idée est simple, mais pas tant que ça. D'abord, elle suppose d'accepter d'apprivoiser la perspective de sa propre mort. D'admettre que ça peut arriver, et d'en être conscient au point d'être capable de l'écrire. Dans un monde où l'on « disparaît » au lieu de mourir, ça représente déjà un long chemin à parcourir !

Ensuite, que faire d'un testament de vie qui réclame un acte interdit par la loi ? Dans un pays où un malade conscient ne peut obtenir d'un médecin une injection pour mettre fin à ses souffrances, comment reconnaître qu'un malade inconscient y ait droit ? Pour le moment, en France, le testament de vie pourrait juste préciser une ferme volonté que la médecine ne s'acharne pas à réanimer. Mais, dans la plupart des services, depuis longtemps, la médecine ne s'acharne pas plus que de raison…

Vincent a pris la peine de dicter avec son doigt une sorte de testament de vie de deux cents pages, vendu en librairie. Il était parfaitement clair sur les raisons pour lesquelles il voulait mettre un terme à son existence. Pourtant, un médecin légiste et un procureur m'accusent de l'avoir assassiné…

Le testament de vie est une bonne idée parce qu'il me conforte, moi, dans la justesse de ma décision : j'ai respecté la volonté de mon patient. Tous les lecteurs du livre de Vincent peuvent en témoigner… Pas besoin d'attendre l'avènement d'une loi pour que chacun d'entre nous écrive son testament de vie ! Même si, pour l'instant, ces documents n'ont aucune valeur légale, ils pourraient au moins éclairer les médecins sur la volonté d'un patient qui leur arrive inconscient, ou incapable de communiquer. Ils pourraient étayer de façon formelle la demande des familles. Ils pourraient, surtout, donner au patient la liberté d'être acteur de sa propre histoire, même privé de tout moyen d'expression…

Même si la loi ne le reconnaît pas encore, je crois que le testament de vie est une bonne idée. Une manière de donner à chacun le temps de réfléchir à sa fin, à défaut de pouvoir la choisir ; un moyen responsable et adulte d'aborder sa mort, comme sa vie. Et de ne pas en laisser les rênes à sa famille, à une équipe médicale, ou même à un procureur…

20

Vincent, William, Hippocrate

Et les autres ?

Aussi fou que ça puisse paraître, un an après la mort de Vincent, l'instruction n'est toujours pas close, et je ne sais toujours pas à quoi m'en tenir : coupable ? innocent ? bon médecin ? assassin ? libre ? perpétuité ?

D'un côté, le lieutenant et les magistrats qui instruisent pour assassinat en vertu de la loi ; de l'autre, mes confrères et le conseil de l'ordre, qui me soutiennent, au nom du serment d'Hippocrate. Je n'ai jamais oublié que j'ai prêté serment — aucun médecin ne l'oublie jamais.

Au moment d'être admis à exercer la médecine, je promets et je jure d'être fidèle aux lois de l'honneur et de la probité.

Mon premier souci sera de rétablir, de préserver ou de promouvoir la santé dans tous ses éléments, physiques et mentaux, individuels et sociaux.

Je respecterai toutes les personnes, leur autonomie et leur volonté, sans aucune discrimination selon leur état ou leurs convictions. J'interviendrai pour les protéger si elles sont affaiblies, vulnérables ou menacées dans leur intégrité ou leur dignité. Même sous la contrainte, je ne ferai pas usage de mes connaissances contre les lois de l'humanité.

J'informerai les patients des décisions envisagées, de leurs raisons et de leurs conséquences. Je ne tromperai jamais leur confiance et n'exploiterai pas le pouvoir hérité des circonstances pour forcer les consciences.

Je donnerai mes soins à l'indigent et à quiconque me le demandera. Je ne me laisserai pas influencer par la soif du gain ou la recherche de la gloire.

Admis dans l'intimité des personnes, je tairai les secrets qui me seront confiés. Reçu à l'intérieur des maisons, je respecterai les secrets des foyers, et ma conduite ne servira pas à corrompre les mœurs.

Je ferai tout pour soulager les souffrances. Je ne prolongerai pas abusivement les agonies. Je ne provoquerai jamais la mort délibérément.

Je préserverai l'indépendance nécessaire à l'accomplissement de ma mission. Je n'entreprendrai rien qui dépasse mes compétences. Je les entretiendrai et les perfectionnerai pour assurer au mieux les services qui me seront demandés.

J'apporterai mon aide à mes confrères ainsi qu'à leurs familles dans l'adversité.

Que les hommes et mes confrères m'accordent leur estime si je suis fidèle à mes promesses ; que je sois déshonoré et méprisé si j'y manque.

Même s'il date d'environ 400 avant Jésus-Christ, le texte est régulièrement mis à jour : cette version-là a été validée par le conseil de l'ordre en 1996. Ce serment n'est pas le dernier vestige d'un vieux folklore corporatiste que les médecins gardent de siècle en siècle comme un signe de reconnaissance. Pour moi, en tout cas, il est bien plus que ça. J'ai prêté serment. Même si je n'étais encore qu'un très jeune adulte, j'ai donné ma parole d'homme, devant l'ensemble de mes confrères. J'ai accepté la responsabilité que représente l'engagement de soigner mes congénères, de leur porter assistance, et de mettre à leur service les connaissances qui m'ont été transmises.

J'ai fait la promesse. Ce n'est pas rien, une promesse.

Je l'ai toujours tenue.

Ce n'est jamais nous qui provoquons la mort. C'est l'accident, la maladie, la vieillesse. Le destin ; la vie. Nous, nous recevons des êtres humains dont la santé vacille, et nous nous engageons à mettre en œuvre tout ce qui est en notre pouvoir pour qu'elle se rétablisse.

En 400 avant Jésus-Christ, Hippocrate a été l'un des premiers scientifiques à se battre contre les croyances et les superstitions, pour imposer au monde occidental l'idée que la médecine devait avant tout prendre en compte les éléments concrets, tangibles, mesurables, de la vie d'un patient afin de pouvoir correctement appréhender sa santé. Au cœur d'un monde hanté et régenté de façon parfaitement arbitraire par la croyance en des dieux de toutes sortes, il avait cette conviction qu'il appartient à l'homme d'apprendre et d'avancer, de progresser et d'inventer, pour améliorer sa condition.

C'est de là que nous venons ! Vingt-cinq siècles de recherches, de progrès, d'échecs, de tatonnements, d'avancées...

Il y a soixante-dix ans à peine, les antibiotiques n'existaient pas, et nous ne savions toujours pas endiguer une septicémie. Les femmes mouraient en couches. Les accidentés et les blessés de guerre étaient foudroyés par la gangrène, qui les arrachait à la vie dans des conditions abominables. Les fous attachés sur leur lit. Les opérés à peine endormis, et très mal réveillés.

Il y a soixante-dix ans à peine, il y a bien peu de chances que Vincent ait conduit une voiture et se soit encastré sous un camion. Mais si ça avait été le cas, il serait mort au bord de la route. Il y a trente ans aussi, et sans doute même il y a quinze ans.

Le progrès après lequel les hommes ont couru depuis Hippocrate a fini par les rattraper. Aujourd'hui, nous greffons des cœurs, des reins et des foies ; nous implantons des embryons ; nous sauvons des fœtus ; nous « miraculons » des blessés... Le progrès a repoussé les limites de la mort qui, il y a à peine quelques décennies, décidait à notre place.

Les choses ont changé, et la loi doit s'adapter, comme elle s'est adaptée, par exemple, aux progrès de la contraception, de la recherche génétique, mais aussi à l'évolution des mœurs. Le divorce n'est plus interdit. Le suicide non plus, ni l'homosexualité. Quand elle se donne la mort, à quatre-vingt-douze ans, parce qu'elle se veut libre de décider de son propre destin, la mère d'un ancien Premier ministre français n'est pas mise au ban de la société. Comme il n'est plus honteux, pour une femme, de prendre la décision d'avorter. Les grands-parents ne vivent plus dans la maison de leurs enfants et de leurs petits-enfants, et ça ne choque personne. Les femmes ont le droit de vote ! Et le pauvre Hippocrate y perdrait son grec ancien !

Tous ces événements semblent n'avoir rien à voir les uns avec les autres. C'est faux. Petits et grands, ils constituent le monde d'aujourd'hui, dans lequel nous vivons, et dont nous sommes nous-mêmes constitués. Chacun d'entre eux a, un temps donné, fait couler beaucoup d'encre et semblé scandaleux. Mais chacun d'entre eux a fini par transformer nos façons de penser et de vivre, de gré ou de force.

Ça n'empêche pas les anti-avortement de ne pas se faire avorter ; les anti-homosexuels de s'en tenir à l'hétérosexualité ; les pro-mariage de ne pas divorcer ; les anti-suicide de rester en vie… Dans ce domaine, la loi doit avant tout n'obliger à rien, si ce n'est au respect de la liberté de chacun, et de la dignité de tous. Et définir des limites, qui soient en accord avec la société dans laquelle nous vivons. Elle dit : « pas d'obstination déraisonnable ». Mais il est déraisonnable de s'obstiner à ignorer l'existence de Vincent, Aurélie, Erwin, et les autres. Et de laisser les médecins se débrouiller devant cette béance de la loi…

J'ai retrouvé Marie Humbert en janvier 2004. Je ne l'avais pas revue depuis le jour où je l'avais reçue dans mon bureau pour lui expliquer que je ne savais pas si Vincent allait mourir ou pas, et pour lui promettre que nous ne nous acharnerions pas.

Ce jour de janvier, nous sommes restés un long moment ensemble. Un moment fort et intime, qui nous appartient, à elle et à moi. Je l'ai rencontrée depuis, à plusieurs reprises. Nous avons fait connaissance. Elle vient de temps en temps dîner à la maison. Nos enfants l'aiment beaucoup.

Soyons honnêtes jusqu'au bout : quand on est médecin, ou enfant, frère, épouse, ami de médecin, la question de la mort ne se pose pas tout à fait de la même manière que pour Vincent et Marie, même si elle provoque les mêmes tourments, les mêmes angoisses, les mêmes chagrins…

Si mon fils avait été à la place de Vincent, Marie-Christine n'aurait pas eu à se battre comme Marie a dû le faire. Aucun de mes proches ne se retrouvera jamais dans la situation de ce jeune homme, prisonnier de son corps, désirant s'en libérer et n'ayant personne pour l'y aider. Ce que Vincent et Marie ont dû réclamer à cor et à cri, jusqu'au drame que l'on sait, tout enfant, mari ou femme de médecin l'aurait obtenu, sans être obligé d'en appeler au président de la République, et de rameuter les médias de la France entière.

Mon père a bénéficié de soins palliatifs bien avant qu'une loi l'exige, parce que j'avais les compétences et la possibilité de les lui proposer.

Aucun des parents de mes amis et confrères médecins n'est mort après des mois et des mois d'agonie, dans un service où personne n'accepte de prendre une quelconque décision sur l'arrêt des thérapeutiques.

Aucun de mes amis ou confrères médecins n'a mis des années à mourir d'une maladie invalidante au point de le laisser cloué sur un lit sans possibilité de bouger ou de communiquer.

S'il m'arrivait un accident, j'espère qu'aucun d'entre eux ne me laisserait cloué sur un lit sans possibilité de bouger ni de communiquer.

Tous les médecins savent aider les hommes à quitter la vie, lorsqu'il n'y a plus d'autre solution. Et la plupart d'entre eux assument de jouer ce rôle pour leurs proches ou pour eux-mêmes, dans l'intimité, loin de la loi.

Mais les autres, ceux qui ne sont pas médecins, comment font-ils ?

Depuis qu'une loi donne une existence aux soins palliatifs, on semble vouloir admettre qu'il n'est pas criminel, pour un médecin, de tout mettre en œuvre pour adoucir la fin de vie de ses malades. Pas plus qu'il n'a le droit de s'acharner « au-delà du raisonnable », il ne peut refuser de tenir compte de la volonté de son patient. Il y est même tenu, par notre code de déontologie. Le serment d'Hippocrate est formel :

Je respecterai toutes les personnes, leur autonomie et leur volonté.

Cela signifie, concrètement, qu'un cancéreux peut s'opposer à une nouvelle chimiothérapie, et décider plutôt de cesser de se battre contre son cancer, et de finir sa vie tranquillement, aidé d'un solide arsenal chimique contre la douleur. Cela signifie que les établissements de santé publique vont être progressivement équipés et organisés pour proposer cet accompagnement antidouleur, souvent pendant des semaines, voire des mois, aux personnes qui le réclament.

Cela signifie aussi qu'il faut être en fin de vie pour en bénéficier.

Pour l'instant, la loi n'a qu'une réponse, tragique : les autres, ceux dont l'« espérance de vie » n'est pas menacée, n'ont qu'à se débrouiller. Chercher une association suisse qui fournit des barbituriques ; espérer qu'ils seront suffisamment bien dosés pour être efficaces. Ou bien avoir les moyens d'aller mourir en Belgique, ou en Hollande, où la loi prévoit une aide médicale à la mort, dans des cas très précis. Se suicider quand ils en sont encore capables, plutôt que de prendre le risque de ne pas pouvoir partir quand ils le souhaiteront et qu'ils seront prêts. Demander à un parent, dont ce n'est ni le rôle ni la compétence, de supporter ce poids moral et psychologique, de prendre ce risque, et celui de se retrouver en face d'un procureur qui « instruira pour meurtre ». Ou bien renoncer définitivement à choisir le moment de leur mort ; laisser la maladie et la souffrance décider, et parfois tout dévaster, sans pouvoir rien y faire.

Certains religieux ou philosophes revendiquent cet état de fait. Ils croient en la fonction expiatoire ou préparatoire de l'agonie, et même parfois de la souffrance. Et mettent en garde l'homme qui voudrait tout maîtriser du monde, y compris la mort. Ils pensent que ça n'est pas à nous de décider. Ils ont le droit. Mais, pour les autres, que faut-il faire ?

Hippocrate, lui, répond assez clairement :

Je respecterai toutes les personnes, leur autonomie et leur volonté, sans aucune discrimination selon leur état ou leurs convictions. J'interviendrai pour les protéger si elles sont affaiblies, vulnérables ou menacées dans leur intégrité ou leur dignité. Même sous la contrainte, je ne ferai pas usage de mes connaissances contre les lois de l'humanité.

Reste à savoir ce que représentent les « lois de l'humanité » pour un médecin grec du IVe siècle avant Jésus-Christ ! En tout cas, deux mille cinq cents ans plus tard, le médecin français que je suis n'a pas trahi son serment. J'ai respecté l'autonomie et la volonté de Vincent. Je l'ai protégé lorsqu'il était menacé dans son intégrité et dans sa dignité. Je me suis porté à son secours, et j'ai fait ce qui était le mieux pour lui.

Je ferai tout pour soulager les souffrances. Je ne prolongerai pas abusivement les agonies. Je ne provoquerai jamais la mort délibérément.

J'ai tout fait pour soulager ses souffrances. Je n'ai pas provoqué sa mort délibérément ; j'ai juste décidé de ne pas prolonger abusivement son agonie, comme il l'avait demandé de façon si claire, et avec toute l'énergie dont il disposait.

J'ai fait pour Vincent ce que je fais régulièrement, depuis que je dirige ce service de réanimation. J'ai laissé parler le bon sens et l'humanité. Je l'ai réanimé, le temps de prendre connaissance du dossier. J'ai parcouru son histoire, écouté ses proches, évalué son état médical, et puis j'ai interpellé mon équipe pour que nous décidions, ensemble. Pour lui, tout le monde était prêt. Pour d'autres malades, ça n'est pas le cas. Tant que tout le monde n'est pas d'accord — famille et équipe —, il ne se passe rien. La mort n'est jamais urgente, elle peut toujours attendre. Il y a invariablement un moment où, finalement, chacun est prêt.

La mort de Vincent a été comme un révélateur. Toutes les questions qu'elle pose, c'est à nous tous qu'elle les pose. Pas seulement aux malades, aux familles qui sont à leur chevet, aux personnes qui les soignent, et aux politiciens qui défendent les lois. Mais aussi à chaque citoyen qui sera forcément obligé, à un moment de son existence, et même si on la lui cache, de regarder la mort en face.

L'été suivant l'affaire, j'ai reçu une demande d'admission pour William, vingt ans. Elle venait d'un hôpital militaire d'une autre région de France. Tout le dossier était tapé sur du papier à en-tête du ministère des Armées. William a eu un accident : C4, comme Aurélie. La moelle épinière sectionnée au plus haut niveau, et plus aucun espoir de bouger, ni même d'autonomie respiratoire.

Nous nous apprêtions à l'accueillir dans le service lorsqu'un coup de fil nous a annoncé que, finalement, William était mort.

Quelques jours plus tard, comme le veut l'usage, j'ai reçu un compte rendu de mes confrères militaires. Il y est écrit noir sur blanc, sur du papier à en-tête bleu, blanc, rouge, que William, parfaitement conscient de son état, a supplié à de multiples reprises ses parents et ses médecins de le « laisser s'endormir ». Il est dit qu'après consultation de la famille, et réunion du personnel du service, il a été décidé d'accéder à la demande du jeune homme. Le compte rendu précise donc que le médecin a procédé à l'arrêt des thérapeutiques actives, et a accompagné ce geste d'une neurosédation.

William est mort, comme il le souhaitait. Et Vincent y est peut-être pour quelque chose. Seuls les ermites n'ont pas entendu parler de l'affaire Humbert. Dans tous les services de réanimation, il en a été question. Et dans beaucoup de familles également.

Quand William a eu son accident, il est vraisemblable que tout son entourage, familial et médical, connaissait, de loin ou de près, l'histoire de Vincent. Et lui aussi, sans doute : il n'a pas pu être indifférent au combat de ce jeune homme, à peine plus âgé que lui. Il a dû, comme nombre d'entre nous, se demander : « Si j'étais à sa place… »

Le reste ne nous regarde pas. C'est l'histoire de William, de ceux qui l'aimaient, et de ceux qui l'ont soigné, avec respect et dignité. C'est bien qu'ils n'aient pas eu besoin, comme Marie Humbert, d'ameuter la France entière pour avoir le droit de traverser cet enfer en respectant la décision du principal intéressé. C'est bien que les médecins aient eu la liberté et le courage d'en rendre compte, par écrit, sans crainte d'en être inquiétés. Et c'est bien qu'aucun procureur n'ait eu l'idée de se pencher sur le dossier.

Si on me demande quelles sont les conditions indispensables pour que soit autorisé un « geste final », ma réponse est claire : l'intérêt du malade, et de lui seul, doit être au centre de chaque décision. C'est toujours l'équipe médicale qui décide, une équipe cohérente où chacun se respecte et se sent respecté, en lien direct avec la famille et le malade s'il peut s'exprimer, qui ont l'une et l'autre disposé de tout le temps qui leur était nécessaire, à eux, afin de se prononcer. Et, pour que tout soit bien clair, c'est le patron qui endosse la responsabilité finale, et veille à ce que tout se passe sans souffrance, dans le respect et la dignité.

Je sais garantir ces conditions dans mon service. Je n'ai pas d'idée précise sur la manière dont il faudrait s'y prendre ailleurs. Mais je pense qu'il est urgent de se pencher sur la question.

Parce que, ailleurs, ça ne se déroule pas toujours ainsi. Il est arrivé, déjà, qu'une équipe paramédicale accuse clairement les médecins d'euthanasier les patients à la chaîne. Certaines infirmières racontent même avoir reçu l'ordre, d'un médecin absent, de faire une injection mortelle. On parle de « ménage du dimanche soir », pour libérer les lits le lundi matin ; de manipulation des familles pour obtenir leur consentement... On ne peut pas prendre des décisions aussi graves dans un service où le climat se détériore. Le résultat est toujours terrible... Quelle que soit sa spécialité, la médecine peut devenir une chose abominable pour l'homme dès lors qu'elle n'est pas exercée dans le respect du malade, et dans le souci de sa dignité.

Je crois, moi, que c'est la base indiscutable, sur laquelle doivent s'enraciner toutes les réponses aux questions qui nous agitent. Mais je n'ai aucune idée de la manière dont une loi pourrait garantir que chaque soignant exerce son métier dans le respect du malade et le souci de sa dignité. Je n'ai rien appris de tout ça à la Faculté. Mes années de pratique et ma vie d'homme me l'ont transmis, mieux que n'importe quelle formation.

Toute la difficulté d'une loi, quelle qu'elle soit, est qu'elle doit généraliser des situations qui sont toujours des cas particuliers, des histoires singulières. Aucun malade, aucune famille, aucun service ne se ressemble. Mais c'est pourtant toutes ces personnes, réunies par le hasard, qui devront, ensemble, prendre une décision. Ce n'est pas forcément d'une loi que nous avons besoin, mais je suis sûr d'une ou deux choses…

Tout d'abord, transformer la volonté d'une prise de décision collégiale en préméditation est un non-sens, une monstruosité. Ça signifie qu'il est moins dangereux, pour un médecin, de décider tout seul dans son coin, sans en référer à qui que ce soit, plutôt qu'au grand jour, avec l'aide d'une équipe compétente ! C'est la porte ouverte à toutes les dérives…

Ensuite, il est monstrueux qu'une mère soit acculée à prendre toute seule une décision comme celle de Marie Humbert, parce qu'aucun dispositif n'est prévu pour l'aider, et que personne, médecin, procureur ou président de la République, n'a le courage ou les moyens de se porter à ses côtés.

Enfin, il n'est pas normal que, dans un pays prétendument civilisé, on ne soit pas capable de prendre en compte et de respecter la volonté d'un malade, même si elle heurte nos sensibilités ou nos convictions. La plupart de nos patients et leurs proches sont des adultes responsables, qu'il faut au moins écouter, et entendre.

Je suis un médecin, qui fait son travail le plus honnêtement possible. Et un citoyen, que la justice de son pays accuse d'être un assassin. Le débat est ouvert, et j'ai mon mot à dire : euthanasie passive, euthanasie active, suicide assisté… Curieusement, on n'y prononce presque jamais le mot qui fait si peur. Pourtant, c'est bien de la MORT qu'il s'agit !

Parlons-en, préparons-la, regardons-la en face, et arrêtons de penser que c'est une affaire de médecins, cantonnés derrière les portes capitonnées des services spécialisés. C'est lorsqu'on est en bonne santé, physique et mentale, qu'on doit réfléchir à sa « fin de vie ». Même si le sujet n'est pas réjouissant, c'est lorsqu'on est vivant qu'on doit parler aux vivants de ce qu'on souhaite pour sa mort. Par exemple, en rédigeant un testament de vie…

Évidemment que la société doit légiférer sur ces questions, et veiller à ce que chacun puisse mourir dans la dignité, selon ses propres choix.

Sans doute que la loi doit changer, et de façon urgente, pour qu'en France, à l'instar de ce qui se passe en Suisse ou en Belgique, les autres Marie et Vincent Humbert ne se retrouvent pas piégés dans une solitude inextricable, et qu'on n'accuse plus les docteurs Chaussoy d'assassinat.

Bien sûr qu'il faut trouver une solution pour que les médecins ne soient plus obligés d'accomplir certains actes clandestinement, comme les pires des criminels.

Je considère que si ma vie m'appartient, ma mort m'appartient aussi. Personne ne nous dispensera d'accompagner nos parents jusqu'à leur dernier jour, d'affronter la disparition de nos proches, et notre propre fin. La mort n'est pas l'affaire des médecins, ni des législateurs, ni du gouvernement.

La mort est avant tout l'affaire de chacun…

Mon cher Vincent,

Tous les jours je pense à toi et tous les jours on me parle de toi. Je ne te connais pas, mais je te connais très bien. On peut même dire qu'en quelques heures tu es devenu l'une des personnes les plus importantes de ma vie…

Marie-Christine pense qu'il n'y a pas de hasard, et que, si ma route a croisé la tienne, c'est que j'étais prêt. Alors, voilà, j'encaisse. Nous encaissons, tous. Je ne te cache pas que je m'en serais bien passé. Je ne te l'ai jamais caché, d'ailleurs. Je ne me suis pas privé de te le reprocher, parfois copieusement : tu as mis une sacrée pagaille dans ma vie.

Moi, j'étais un médecin de province, bien tranquille, naviguant avec bonheur entre ma chère famille, que j'aime de mon mieux, mon boulot, que j'exerce avec cœur et passion, mes amis, avec qui je m'efforce de ne pas manquer une occasion de me régaler, et mes parcours de golf, qui tournent parfois un peu à l'obsession, je l'admets. Une vie sans histoire.

Et puis voilà, il y a tout juste un an, ta trajectoire a rencontré la mienne et tu as mis un grand coup de pied dans ma petite fourmilière…

J'ai reçu des milliers et des milliers de signes de soutien. Journalistes, hommes politiques, militants, tout le monde me demande mon avis sur l'euthanasie, la fin de vie, le suicide assisté… Jusqu'à ce que nos routes se croisent, je n'en avais pas, moi, d'avis. Je me contentais de faire mon boulot, le mieux possible…

Ta mort a été comme un révélateur. Elle ne m'a pas tellement changé, mais elle m'a obligé à mettre des mots, clairs et précis, sur tout ce qui compose mon existence depuis toujours, dont je n'avais jamais eu besoin de parler.

J'ai vu, d'abord, à quel point je l'aime, cette vie.

J'ai vu aussi combien j'aime ma femme et mes enfants, et que pour eux je saurais déplacer des montagnes, comme ta mère l'a fait pour toi.

J'ai compté mes amis, les vrais, et j'ai réalisé à quel point je suis bien entouré. Je me suis même découvert quelques ennemis, suffisamment bêtes ou jaloux pour imaginer que j'ai fait tout ça dans le seul but de passer à la télé !

J'ai également compris combien je tiens à ce que mes patients continuent d'être le centre absolu de mon travail de médecin, et combien il est important que les patients restent le centre absolu de la médecine, en général.

Je demeure convaincu qu'on peut être un honnête citoyen et contourner la loi. Mais je me suis aperçu que faire changer la loi est de loin une meilleure solution.

Ça a l'air d'être en bonne voie, d'ailleurs. Si tout va bien, avant la fin de l'année, les choses avanceront un peu. Un peu, mais pas assez.

Il est temps qu'on parle enfin de la mort, sans se cacher derrière les mots.

Il est temps qu'on puisse répondre aux gens

comme toi autre chose que : « Désolé, je n'ai pas le droit. »

Il est temps qu'on apprenne à respecter les volontés des malades, même quand elles nous dérangent.

Il est temps qu'on ne se décharge plus sur les médecins des questions auxquelles personne ne sait ou ne veut répondre.

Il est temps que la loi arrête de punir ceux qui font leur métier avec égard et humanité.

Et il est plus que temps de chercher sérieusement des solutions à tout ça. Je vais trouver, nous allons trouver. Ton histoire — notre histoire — a fait réfléchir des milliers de gens. Je suis sûr que, déjà, elle a aidé certains parents, certains médecins, à prendre sereinement des décisions graves.

Je te le répète, Vincent, je pense à toi souvent. Depuis ta mort, d'autres sont morts dans le service. Dans le respect et dans la dignité, comme toi. Mais aussi dans le calme et la tranquillité, loin des caméras et du brouhaha. C'est ainsi que ça doit se passer, sans que personne puisse en être inquiété.

Voilà, mon cher Vincent. Je n'ai jamais croisé ton regard, ni entendu ta voix. Mais j'espère que la mienne, en écho à la tienne, et mêlée à tant d'autres, résonnera assez fort pour faire bouger les choses. Et que le jour où on se rencontrera vraiment, là-haut ou ailleurs, on pourra se dire que tout ça n'a pas servi à rien.

Frédéric Chaussoy
Berck-sur-Mer,
septembre 2004

Remerciements

Merci, mercis…

Depuis que la trajectoire de Vincent Humbert a croisé la mienne, des milliers de personnes m'ont manifesté leur soutien, au détour d'un email, d'une signature sur une pétition, d'actions concrètes ou de petits signes discrets. Qu'ils soient remerciés, tous, et plus spécialement…

… toutes les équipes soignantes qui se sont battues pour sauver Vincent et qui ont remué ciel et terre pour lui proposer, d'abord, un projet de vie,

… Christelle, que j'ai bien malgré moi exposée en première ligne ; Françoise, et son indéfectible disponibilité ; Christine, et son efficacité discrète ; chaque membre du personnel qui m'a soutenu, parfois sans rien dire, ou qui est allé jusqu'à signer un communiqué de presse ; toute l'équipe du service de réanimation du Centre Hélio-Marin ; mon équipe, une vraie équipe,

... Laurent Degroote, et le conseil d'administration de la Fondation Hopale, qu'il préside, qui m'ont accompagné sans faillir,

... le docteur Marc Biencourt, président du conseil de l'Ordre des médecins du Pas-de-Calais, et le conseil national de l'Ordre des médecins, qui se sont immédiatement portés à mes côtés, avec courage et sans tergiverser,

... mes collègues réanimateurs et anesthésistes, et en particulier le docteur François Stierle, du centre hospitalier de Mulhouse, à l'origine de « l'appel des 100 », qui a finalement réuni plus de 2 000 médecins signataires,

... tous mes confrères, généralistes et spécialistes, qui se sont donné la peine de m'écrire pour dire à leur tour qu'accompagner jusqu'à la mort fait aussi partie de notre métier ; l'UFAL 62, Bernard Chochoy, Edgard Fouquart et M. Mercier, dont les pétitions m'ont offert des signatures par milliers,

...Vincent, Philippe, Brigitte, Teddy, et tous les jeunes membres de l'association « Faut qu'on s'active », qui déplacent les montagnes et pensent que « râler c'est bien, agir, c'est mieux », et qui ont rempli des salles trop petites, dans tout le Nord de la France et jusqu'à l'Assemblée nationale pour débattre — enfin ! — de la fin de vie,

... Jean-François et Lydwine, les rois de l'Internet, qui ont construit un site de soutien,

... tous mes amis oubliés, de l'école primaire à la fac de médecine, qui ont pris le temps de me recontacter et de m'encourager,

... tous nos amis du Nord comme du Sud qui nous ont merveilleusement soutenus,

... Antoine Duport et Bernard Lebas, mes avocats, qui supportent vaillamment mes coups de tête et mes emportements, et éteignent patiemment les incendies que je ne peux pas m'empêcher d'allumer,

... Michelle et Serge, nos chers amis et éminents conseils en communication,

... nos amis et voisins de Nampont-saint-Martin, bousculés dans leur tranquillité,

... ma mère, que j'ai tant fait pleurer et à qui j'ai infligé de si grandes inquiétudes depuis que je passe à la télé,

... ma belle-mère, dont les 83 ans réclameraient plutôt une saine tranquillité,

... Marie-Jo, ma belle-sœur et consœur, pour les revigorants déjeuners du mardi,

Remerciements

… Fabien, Jean-Éric, Claire, Mathilde et Thomas, mes enfants que j'ai embarqués malgré eux dans cette « aventure »,

… Bernard Kouchner, un homme que j'admire, qui m'a fait l'honneur de préfacer ce livre.

Table

Table

Achevé d'imprimer sur les presses de

BUSSIÈRE

GROUPE CPI

à Saint-Amand-Montrond (Cher)
pour le compte de Oh ! Éditions
en décembre 2004

Mise en pages : Bussière

Dépôt légal : novembre 2004.
N° d'édition : 177/09. — N° d'impression : 044993/4.

Imprimé en France